SIEMPRE UN LUGAR

EFÍMERO

SIEMPRE UN LUGAR

EFÍMERO

LUIS MADRIGAL

literalpublishing

Este libro recibió mención honorífica en el I Premio Internacional Literal,
Latin American Voices

© 2024, Literal Publishing
1770 St. James Pl.
Houston, TX, 77056
www.literalmagazine.com

ISBN: 978-1-942307-70-9

Printed in the United States / Impreso en Estados Unidos

Índice

Experiencias de éxito 9

El hombre de cristal 33

La grieta 53

Triángulos sin puntas 68

Pajarito 85

Ida y vuelta 97

El fuego y las cenizas 113

Experiencias de éxito

Él tenía treinta y siete o treinta y ocho años y había publicado dos libros. El primero se llamaba *Asalto al patio*. Contaba la historia de un hombre disfrazado del vagabundo de Chaplin que aprovechaba un verano argentino particularmente azotador —puede ser que el del ochenta y ocho— para trepar las bardas de los vecinos y entrar a sus casas desocupadas. El protagonista daba una vuelta, describía los muebles, anotaba los títulos de los libros que encontraba en las bibliotecas, de las revistas en los baños, y después salía por la puerta principal. No robaba nada. Recuerdo que los capítulos dedicados a cada casa eran larguísimos, con un detalle agotador de los interiores, de este tapiz, de aquella cómoda de roble o pino o nogal tucumano. No pasaba gran cosa en la vida del asaltante; en principio porque el verano aletarga, y en segundo lugar porque —imposible olvidarlo— el tipo no hacía ningún daño. No había una investigación policial tras de él, no había mayor intriga. Eran trescientas veinte páginas de asaltos inútiles, como un diorama o un gabinete de tesoros que contenía, en realidad, espejos y polvo. Solo al final sucedía algo. Cuando el falso Chaplin está por cerrar la puerta de la última casa allanada, ve saltar desde la barda que él mismo ha franqueado una hora antes una paloma gris que cae al patio como atraída por la tierra. La paloma, hecha un ovillo, se planta firme sobre el suelo. El hombre la mira y cree que la paloma sabe lo que ha hecho, o está a punto de averiguarlo, y su mirada se le vuelve insoportable. Se paraliza. Las piernas ya no le responden y la paloma gorjea de vez en cuando pero no abandona el puesto. La novela cierra con una frase que da a entender que aquel duelo podría durar un siglo, o por lo menos el tiempo suficiente para que el hombre sea descubierto en el patio de esa casa que no le pertenece.

El libro había sido publicado por una editorial estatal guatemalteca. Juan Antonio trabajaba como secretario adjunto del director regional de cultura en el Altiplano. Se inscribió en un concurso de primera novela para escritores jóvenes —él tenía entonces treinta y tres, treinta y cuatro— y lo ganó en solitario. Según la página de créditos se imprimieron doscientos ejemplares. El gobierno del Altiplano había colocado tres de ellos en la biblioteca de la cárcel de Almolonga. El resto, imagino, quedó en manos de Juan Antonio.

El segundo libro se apartaba notablemente del primero. Para empezar no tenía título; según explicaba Juan Antonio, sólo la relectura atenta podía revelarlo. Asentí sin entender cuando me lo dijo, cuando nos conocimos, quiero decir, y él tampoco me dio mucho tiempo para reflexionar sobre el misterio. Me dijo que había conseguido inscribir con una técnica china el título del libro en el lomo, de tal manera que los pliegues que se crearían al abrir y cerrar el volumen dejarían de ser grietas en el cartoncillo para convertirse, algún día, en palabras. Nadie lo ha hecho en Latinoamérica, me dijo.

Era, si se quiere, un libro de cuentos, pero los textos estaban organizados más bien como en una revista voluminosa: cada tanto los relatos se interrumpían y el lector tenía que saltar de página —de la veintitrés a la setenta y dos, por decir algo— si quería seguir leyendo. No había ninguna razón para esto, como tampoco para las fotografías de Mónica Bellucci, Marilyn Monroe y de varios locales de McDonald's que aparecían repartidas entre los cuentos. En uno, por ejemplo, un hombre intenta cagar sobre una estampa de la Virgen de los Remedios para después lanzarla contra la fachada de una iglesia. No lo consigue, pero, en cuclillas, recuerda el abuso al que fue sometido en sus años de catecismo y cita frases de Ricardo Arjona. Bastó con que un autor chileno de cierto peso dijera que el libro le había parecido *extraño y feliz* para que de pronto Juan Antonio se viera respaldado por una maquinaria que lo llevaría, durante un año, a tres ferias de libros, dos entrevistas por televisión y un congreso en Querétaro, donde lo nombrarían *un secreto muy bien guardado* de la literatura latinoamericana.

De todo esto, de su travesía efímera por el *establishment,* como decía él, habían pasado cuatro años cuando nos conocimos. El museo de arte moderno donde yo trabajaba había organizado un seminario de ocho días que reuniría en la Ciudad de México a delegados de cultura de Chiapas, Jalisco,

Nuevo León, Belice y Guatemala. La idea era *compartir experiencias de éxito*.

Juan Antonio es el único participante al que recuerdo. El primer día llegó antes que nadie. Era un tipo alto y ancho, con una barba de candado que no cerró en la adolescencia y que por ende no cerraría nunca, vestido con una chamarra de cuero en el verano mexicano. Nos dimos la mano y noté que estaba helada.

En la ronda de presentaciones Juan Antonio dijo que estaba muy agradecido con la nación mexicana y que tenía un grato recuerdo del país, porque él era escritor y había estado hace algunos años aquí, en un congreso importante en Querétaro. Dijo que ahora trabajaba como subdirector de cultura en el Altiplano, aunque eso lo hacía casi como un favor a un amigo. Él era, en realidad, escritor. Entonces se puso de pie y sacó de su mochila cinco ejemplares de *Asalto al patio* y los repartió entre nosotros. Si quieren, ofreció Juan Antonio, al final puedo firmarlos.

Durante la exposición del subsecretario de cultura de Chiapas —cada día estaba reservado para un ponente— Juan Antonio tecleaba sin parar en su computadora. Casi no levantaba la vista de la pantalla. Había conectado también su teléfono y una tableta a la laptop, quizá para cargarlos. También había sacado una libreta, una grabadora portátil y un vaso de café del 7-Eleven del que no bebió en toda la mañana. Cuando llegó la hora del descanso para comer se acercó a preguntarme dónde podía encontrar tacos de bistec. Junto a la parada del metro, le dije. Perfecto, *güey*, me dijo, haciendo un énfasis extraño en esa última palabra. Nos vemos al rato, *güey*. Se puso de nuevo la chaqueta de cuero y salió a la calle.

Regresó cuando ya habíamos empezado de nuevo. Traía lentes oscuros y un vaso de unicel de un litro en la mano, popote incluido. Sudaba, parecía que le costaba trabajo respirar, se dejó caer sobre la silla. ¿Todo bien?, le pregunté. Sí, sí, me dijo. De película.

El seminario era aburrido y todos lo sabíamos, pero hacíamos nuestro mejor esfuerzo por parecer atentos e interesados en cómo un curador de Monterrey había conseguido un número récord de visitantes al Museo de la Arrachera. De vez en cuando Juan Antonio resoplaba y parecía profundamente contrariado, pero nunca por algo que se dijera en la mesa, sino por cosas que veía en su pantalla. Qué dices, güey, me dijo al final del primer día: ¿Vamos por unos tequilitas? Le dije que no solía beber mucho, y menos en lunes, pero él creyó que era broma. Ah, mexicanos, dijo. Son muy graciosos. Le dije que no todos. Se rio otra vez. Muy bueno, me dijo.

Esa noche, alrededor de las once, recibí un correo suyo. Habíamos intercambiado tarjetas de presentación en la mañana. Mi hermano, me escribía, como dijiste que te gustaba la literatura, aquí te envío el manuscrito de mi nueva novela. Creo que sabrás apreciarlo porque siempre me ha parecido que los mexicanos son lectores poderosos. Me habría gustado ser mexicano, decía.

La novela tenía ochenta cuartillas. Cada tres había una hoja en blanco. Empezaba así: *Dicen que me muevo entre la tierra como las serpientes. Que siento la humedad del musgo en el ombligo y el aroma ocre de los perros que se echan desnudos al sol. Dicen que* BANG *soy el río que penetra* SÍ *la piedra con la constancia de* BANG BANG PUTO *un arado antiguo.*

Era tarde. Dejé de leer.

El segundo día Juan Antonio llegó cuando ya habíamos empezado. Entró a la sala con tapabocas de cirujano y lentes oscuros. Ah, Juanito, dijo el delegado chiapaneco, pensamos que te nos habías perdido. Juan Antonio, cruzado de brazos, con la barriga encima de la mesa, como si se tomara un descanso de la insoportable gravedad, no dijo nada. No se movió. El delegado de Jalisco continuó con su exposición sobre un concurso anual de esculturas hechas de pencas de maguey. Durante el descanso me hizo una seña para que me acercara. Te pido una disculpa por mi actitud, güey. Ayer terminé muy tarde y no me siento bien. No te preocupes, le dije, ¿por qué no te vas al hotel? No, quiero estar acá, me da vida escucharlos. Órale, contesté. Dime, güey, ¿te llegó mi correo? Sí, dije, pero no tuve tiempo de leer mucho. Ah, que te "duermes temprano", ¿verdad? Juan Antonio hizo el entrecomillado con los dedos en el aire, como si insinuara algo distinto. En efecto, contesté. Te entiendo, güey. Pero hoy sí salimos, ¿o qué? No creo, dije, el trabajo sigue a pesar del seminario. Ah, "trabajo", dijo. Te entiendo. Luego levantó los lentes oscuros y me guiñó.

Al tercer día Juan Antonio interrumpió al promotor cultural de Belice con una pregunta: ¿Belice había sido parte alguna vez del territorio mexicano? ¿Considerarían la opción de anexarse y dejar a un lado, de manera definitiva, la opresiva lengua anglosajona? El promotor miró al resto de los participantes con sorpresa y le dijo a Juan Antonio que esas eran preguntas ciertamente interesantes, pero que quedaban lejos de su ámbito de competencia, que se reducía a las particularidades del quetzal y los libros de cuentos infantiles. Estoy jodiendo, hermano, dijo Juan Antonio. Yo creo que Belice es una excelente novela. ¿Cómo así?, preguntó el promotor. El mundo es literatura, dijo Juan Antonio. Al menos así nos lo parece a los que escribimos, a los que nos dejamos llevar por el espíritu de Homero, dijo, y me volteó a ver con una sonrisa. Aquí mi hermano sabe lo que quiero decir, dijo con la mano extendida hacia mí. Yo creo, siguió, que no hay experiencia de éxito más grande para compartir entre nosotros que la historia de un niño de Quetzaltenango que dejó atrás la pobreza y la ignorancia y siguió sus sueños y terminó con un cuento suyo traducido al polaco, ¿no creen? Había silencio en la sala y algunas cabezas que asentían con discreción. Ese niño, dijo —e hizo una pausa larga, acompañada de un suspiro—, soy yo.

Hace hambre, dijo el delegado de Jalisco. Hambrita, hambrita, contestó el delegado chiapaneco, y todos se levantaron de sus sillas rápidamente.

Cuando nací llovía y se abrió la tierra detrás de la casa y mi madre gritó y la abuela dijo se parece a todos nosotros, y yo no recuerdo nada de esto y no hay fotos y no hay videos porque éramos pobres y las fotos y los videos eran cosas que tenían los demás; el lujo de la memoria pertenece a aquellos para quienes el pasado es un consuelo, y esos no éramos nosotros, para quienes el pasado era un tormento y una lluvia de polvo que no cejaba nunca, que nos llenaba la boca de tierra y los zapatos de tierra y las ollas de tierra; el pasado, decía mi abuela, es un consejero inútil, un pariente lejano que esperas no se presente más en la cena de año viejo y sin embargo viene, y yo veía la laguna que cambiaba de color según los meses y pensaba que no teníamos pasado, o no queríamos tenerlo, pero que tampoco teníamos futuro, que el futuro sin duda estaba del otro lado de la laguna pero que para llegar a él no bastaba con nadar, había que tener un bote, había que tener gasolina, había que tener la ayuda del viento y la determinación del fuego y me prometí a mí mismo, en esos años, años de maíz y humedad, años de sudor y pies mugrientos, que cruzaría, que no iba a quedarme para siempre en ese pueblo donde no crecía nada más que el rencor y el chisme, que tantas veces van de la mano, que aprendería a leer, a escribir, a moverme entre la gente como se movía la persona a la que más admiraba en la vida, el licenciado Anderson, un hombre elegante, bien vestido, bien acompañado, bien hablado, que protagonizaba la novela de las ocho de la noche en el único canal que se veía en nuestra televisión de mierda; el licenciado Anderson que escribía poemas y novelas y cartas para novias en tantas partes distintas del mundo; el licenciado Anderson que se movía entre estatuas blancas de hombres antiguos y mujeres desnudas; el licenciado Anderson que aparecía siempre detrás de un escritorio lleno de papeles y libros de tapas de piel; el licenciado Anderson que tenía en su libreta el número telefónico del presidente, que jugaba damas chinas con los embajadores, que escribía en los periódicos y hablaba en las universidades y decía cosas siempre interesantes y siempre ciertas, como que un escritor es la conciencia viva de la patria, que un escritor es el sismógrafo del alma humana, que un escritor es el único hombre que puede asomarse al abismo que representa la existencia y no asustarse, que puede y debe ver de frente a la bestia, acariciar su cabello, hablarle al oído, salir indemne de la batalla; yo escuchaba al licenciado Anderson y me preguntaba cómo lo hacía, cómo podía ordenar así las palabras, como si hubiera un barandal secreto o una estructura en el aire que era invisible para todos pero no para él, una serie de repisas simétricas e inacabables donde el adjetivo encontraba al sustantivo, donde las ideas se juntaban como las piezas de un rompecabezas, y entonces leí y aprendí a escribir y le dije a mi abuela PENDEJA *abuela, me voy a la ciudad* BANG, *me voy del otro lado de la laguna* GRASA Y ESPERMA *y ella me dijo está bueno, Juanito, nomás no te pierdas, y yo me quedé pensando* CÓMO COMEMIERDAS *cómo era eso posible, si mi estrella era el licenciado Anderson, un norte que brillaba augusto y sereno en la distancia de la gloria literaria.*

¿Mucha chamba, güey?, me preguntó al cuarto día, el penúltimo del seminario. Sí, Juan, bastante, contesté. Ah, entonces no has tenido oportunidad de leer mi novela. No, mentí —ya iba por la mitad—, pero en cuanto pueda lo hago. Confío mucho en tus impresiones, me dijo. Ese día hablamos sobre estrategias de comunicación pública, de la relación entre los museos y los medios, de la importancia de contar con una página de internet robusta. Juan Antonio tecleaba furioso en la computadora. Sudaba y olía mal y pregunté, al aire, si alguien quería que prendiéramos el ventilador de la sala. Estamos perfecto, respondió Juan Antonio, y nadie dijo más. Cuando terminó el día se acercó y me dijo: ¿A Garibaldi, o qué? Me pareció que era imposible seguir negándome, que en algún punto de la semana (y quedaban solo dos noches más de hotel y viáticos para los invitados) tendría que salir con él, aunque fuera por cordialidad diplomática. Garibaldi es un robo, contesté. Ah, claro, eso ya lo sabía, me dijo Juan Antonio. Tú propón entonces. Le dije que había una cantina a la vuelta del museo, un sitio con rocola y botanas decentes, y me contestó, ya estás, güey, tenemos mucho de qué hablar.

Se llamaba María. Vivía en el piso de abajo en el edificio de la sexta avenida de la ciudad de Guatemala donde yo había empezado a rentar un cuarto. En la planta baja había una tienda de zapatos. La ventana de mi cuarto daba hacia la calle y podía ver con claridad la bota vaquera enorme, de casi cuatro metros, que recibía a todos los que llegaban en busca de zapatos nuevos. Shoeworld. *María cocinaba y dejaba la ventana abierta y el olor me encontraba tirado en la cama, o en el escritorio, mis únicos muebles. Compartía la casa con una mujer mayor, la dueña, y un chico que había llegado de un pueblo cercano al mío para convertirse en electricista del Estado. Hablaba poco con ellos. Yo estaba concentrado en una misión que no permitía deslices: ser un* destacado escritor guatemalteco. *Tenía dieciséis años. María cogía con alguien todas las noches. La escuchaba gemir como se escucha la respiración difícil de alguien que duerme preocupado. A veces, después de una noche donde yo llegaba a contar en pares o tercias sus orgasmos, la veía bajar las escaleras del edificio como si le costara trabajo permanecer de pie. Su fragilidad era infinita y yo no quería coger* NO *sino sentarme detrás de ella para peinarla con paciencia y esmero. Quería acostarla y colocarle encima una cobija inmensa de hilos finos. A veces, cuando la escuchaba coger hasta la madrugada me llenaba de rabia y tenía que salir a dar una vuelta* PUM PUM *por las calles desiertas de la Ciudad de Guatemala. Llegaba de regreso al edificio cuando ya era de día y la bota gigante me saludaba como saludan también los cerros. María, le escribí un día, no me conoces. Soy Juan, tu vecino de arriba. Si estás cansada de la vida vacía que llevas hasta ahora, si crees que hay una salvación posible en la reunión de dos espíritus afines, toca dos veces a la puerta. Dos golpes largos, a la mitad de la noche, y después toca tres veces rápido y corto, y entonces sabré que estás ahí, que piensas lo mismo, que esa es la hora exacta en que debemos tomar nuestras cosas y subir a un autobús que cruce la frontera, hasta llegar al puerto mexicano de Acapulco. Ahí, bajo la sombra de dos palmeras, te contaré mi vida, y tú la tuya, y beberemos el agua de las plantas y comeremos el sol a rebanadas y habremos, por fin, de entender cómo es que el optimismo puede más que la desdicha, cómo es que habíamos vivido tanto tiempo separados sin saber, en realidad, si vivíamos, sin tener plena conciencia de lo que supone habitar el aquí, el ahora, la unión de dos cuerpos que se buscan a tientas en la oscuridad de un lugar llamado Ciudad de Guatemala, un nombre imposible porque es demasiado sencillo para ser verdad, un nombre que nos atrajo como el imán a los metales, como el mar que recupera las olas, que parecen huérfanas cuando se estrellan pero que después vuelven con paciencia al todo, como nosotros, María, que tenemos* PITO *mucho por delante, tanta vida y tantos libros y yo quiero poder dedicártelos y decir sí, es mi mujer, somos felices, vivimos en Acapulco, México, América del Norte, en las postrimerías del siglo, mi palabra favorita, no postrimerías, sino siglo, la ge que lo complica todo, que interrumpe la sílaba en la garganta, como ya no habrá de interrumpirnos nadie, nunca; así que espero* BANG *tu mano hecha puño que pega contra la puerta y que después se abre como una rosa* AHHH *para recibir mi rostro, para decirme Juanito, mi amor, vámonos, vámonos lejos, vámonos a Acapulco.*

En la cantina me dijo que estaba muy agradecido con los organizadores del seminario, que México siempre lo había recibido con los brazos abiertos, que este era un país excepcional y que los únicos que parecían no saberlo eran los propios mexicanos. Me dijo que todos los tragos iban cortesía del gobierno guatemalteco. Dijo también salud, mi hermano, y se empinó el primer tequila.

Me contó que lo habían aceptado recientemente en un programa de estudios doctorales en la Universidad del Oeste. ¿Oeste de dónde?, pregunté. Canadá, por supuesto, contestó. Nunca he ido, dijo, pero imagino que es linda la nieve y seguro que también las mujeres. ¿Doctorado en qué?, pregunté. En literatura, por supuesto, me dijo. Aunque en realidad no se llama así, se llama estudios del español y sus culturas, pero a mí me aceptaron porque soy escritor, quizá para darle también cierto prestigio al programa, que me parece anda en horas bajas, como en todos lados. Me contó que empezaba en el otoño. Que en el pueblo canadiense donde iba a vivir había túneles para poder moverse de un lado a otro en el invierno, porque a diferencia del mundo más o menos habitable, ahí el frío duraba seis meses. De noviembre a mayo es para cagarse, dijo. A mí me viene bien para trabajar en mis libros, siguió. Para concentrarme, dejar de huevear, bajarle un poco al ritmo, ¿sabes? Asentí y le di un trago a mi cerveza. Es que el mundo de la literatura es muy loco, hermano. ¿Conoces a Bruno Andretti?, me preguntó. Hace dos años vino a Guatemala, a un festival. El secretario de cultura me dijo: Juanito, te lo encargo. Y cuando un secretario te encarga algo, cuando te lo encarga por teléfono, es que ya estás en un buen nivel, y aquí estamos en confianza, así que te lo puedo decir con humildad: yo lo estoy. Me dice entonces: te lo encargo. Le digo: claro que sí, secretario, con todo gusto. Y Andretti es buenísimo. Yo lo idolatraba cuando tenía dieciséis, diecisiete años, cuando descubrí un montón de autores y leía como un perro. Todo el día leía y fumaba en un cuartito pequeño de la sexta avenida y en la noche trabajaba de cajero en un supermercado que abría veinticuatro horas. En ese entonces creía que era importante tener un trabajo que no fuera el de escritor, porque uno tiene que escribir sobre el mundo, sobre lo que sucede allá afuera, y ¿cómo va a tener uno contacto, pues, con lo que pasa en la calle si se la pasa metido entre los libros? Entonces había que tener un balance, yo siempre digo que el equilibrio es lo mejor, es lo más seguro, es, por decirlo de algún modo, ponerte a la mitad del camino, ¿me entiendes, güey? Asentí de nuevo en silencio. El caso es que ahí tienes a Andretti, que aterriza en Guatemala y lo veo de lejos y digo: carajo, qué viejo que está. Todos nos hacemos viejos, hermano. La vida no perdona. En efecto, digo. Le hago una seña al viejo, me presento, le regalo mi primer libro, que para mí es el que más se parece a los suyos, y me dice a ver, Juanito: antes que nada, necesito que me consigas cocaína.

El mesero le trajo otro tequila a Juan Antonio. Era el tercero. Yo seguía con la primera cerveza. Traté de no sacar el teléfono para mirar la hora. Siguió con su relato. Loco, imagínate. Me dije: La puta que lo parió, voy a jalar cocaína con Bruno Andretti. En ese momento me explotó la cabeza, hermano, pensé que era el momento que había estado esperando desde que era chico, la consagración definitiva en el *establishment*, qué puto premio de no sé qué mierdas ni qué nada. Cocaína en Ciudad de Guatemala con Andretti. Le llamé a quien había que llamar y paré el coche en Colón y la décima. Se acercó el man, uno, dos, tres, limpio, y salimos de ahí con nuestra caspita. Le pregunto entonces a Andretti si quiere que lo lleve al hotel o a otro sitio, y me dice: Juanito, vamos a pisar. ¿Cómo así?, le digo. Sí, me contesta, como los gallos, y entonces entendí. Lo llevé al Destiny. Había ido un par de veces con amigos de la secretaría. Es bastante barato, hermano, y puedes tocar sin compromiso. Cada tres o cuatro canciones ponen una balada lenta, y ahí todo mundo se dobla, ahí ya no importa quién baila ni qué se quita porque todos empiezan a pensar en sus noviecitas pendejas de cuando tenían quince años, o en sus mamás, y así nos pasó apenas diez minutos después de que entramos, cuando pusieron *Unbreak My Heart*, una canción que a mí siempre me ha parecido más bien cursi, simple, tres acordes bien básicos, hermano, pero a Andretti lo quebró como no he visto quebrarse a nadie. El man se puso a llorar de inmediato. Tenía los codos encima de la mesa y la cabeza entre las manos y todo temblaba, los vasos y la botella y la bolsita con el talco y yo nada más pensaba en las palabras del secretario, en mi carrera y en las vueltas de la vida, como dice la canción, y entonces Andretti me dijo algo que no creo olvidar nunca, algo que me marcó profundamente. Juanito, me dijo, todos los cuerpos terminan por ablandarse. Y jaló toda la puta cocaína.

Órale, le dije. No, no, siguió Juan Antonio, no tienes idea. Me dan escalofríos de recordarlo. Era un momento bastante profundo. Yo mismo alcanzaba a ver mi vida que pasaba frente a mis ojos, como *flashes*, bróder, o mejor dicho, como balazos, una cosa loquísima. ¿Y entonces?, pregunté. Entonces puse sobre la mesa todo el dinero que me habían dado de la secretaría para encargarme de él y le dije: Maestro, deshágala. El man me volteó a ver como quien ve aparecerse a un ángel, la mirada de un niño que no puede creer su suerte, y en ese momento me di cuenta de que él no tenía un peso, que estaba viejo y que olía mal y que, en realidad, no había publicado un libro en veinte años o algo así, que ya no era nadie y que estaba francamente derrotado, y me entró una tristeza enorme de pensar que cuando había empezado el día yo lo admiraba como se admira a los dioses, porque la literatura es el Olimpo, güey, tú lo sabes bien, yo sé que lo sabes porque esas cosas se saben a nivel de la pupila, uno nota de inmediato quién es parte de y quién no, quién lee como tiene que leerse, con una mano en el libro y la otra sosteniendo la tripa, porque lo que no duele no sirve, porque quien no llega a donde llegó Andretti esa noche mejor que se retire, güey, que se dedique a vender chanclas o a vigilar edificios.

Pidió otro tequila. Le dije que yo ya casi iba a tener que irme, que mi casa quedaba muy lejos y no quería que me cerraran el metro. Está bueno, loco, no te jodo más. Así te doy tiempo de que leas mi novela y me des tu opinión. Voy a intentar, respondí. Una cosa y ya, dijo. Me regreso a Guatemala el sábado a la hora de la comida. En la mañana voy a presentar la edición mexicana de mi primer libro, el que les regalé cuando nos conocimos. Date una vuelta, me dijo, y se empinó el caballito.

Ahora tengo casi cuarenta años y soy la prueba última de que el viento es tiempo. Soy la conciencia enhiesta de un país acostado. Soy el agua que cae ya sucia cuando llueve, que no necesita llegar al drenaje inmundo para contagiarse de lo que todos sabemos que nos rodea: la porquería, el incesto de las formas, la avaricia. Soy un mapa de América donde no hay Estados Unidos, donde no hay Estados, punto, donde los cuerpos se unen como se puede unir perfectamente el maíz y el trigo, sin ningún escándalo, sin que se necesite llamar a nadie para reconocer este o aquel muerto. *Ahora viajo en el tiempo en el viento y miro mi casa a lo lejos. Veo a mi abuela, a mi madre dormida veintitrés de las veinticuatro horas del día; veo después mi cuarto en la sexta avenida; veo una bota gigante que se ilumina con luces de neón cada noche a las ocho y no se apaga hasta la mañana pese a que la tienda está cerrada, pese a que nadie necesita que esté prendida. Y veo ahora la última mudanza, el camino al norte que es el camino que me ha fijado la escritura y a donde me lleva la tinta, el camino del éxito, me digo, e imagino la casa de un piso, con muros blancos y alfombra parda. Es el futuro pero puedo verlo con una claridad absoluta, es un sueño pero todavía nadie me dice que es un sueño dentro del sueño mismo, la única forma de saberlo a ciencia cierta. Veo una luz encendida a las tres de la mañana en un pueblo del oeste de un país inmenso al que llaman Canadá, como quien dice quién sabrá, como quien dice Dios dirá. Está encendida la ventana y yo trabajo. Tú, María, duermes en el cuarto. Desde hace algunos días tu madre muere en un país que está muy lejos y se llama Guatemala. Medí la distancia, medí cuánto nos tomaría llegar allá si saliéramos en ese momento, ahora mismo, a pie, a pesar de la nieve y el hielo que corta la cara, y descubrí que serían novecientas cincuenta y nueve horas, lo puedes creer, son cuatro mil setecientos kilómetros, son cuarenta días seguidos, sin descanso, cuarenta días de atravesar nuestro propio desierto para ver si llegamos a tiempo, como llega el viento, para saber y esperar y desear, o no, quién sabe, llegar antes de que muera tu madre y tú puedas verla y puedas explicarle qué mierdas haces PUM casada y viviendo con un tipo como yo en la provincia canadiense con una beca de risa y sin ningún amigo, a ver si le puedes explicar a tu madre moribunda porque, francamente, no lo entiendo, no puedo, no sé qué te llevó a decirme que sí, que vendrías conmigo, que no había peor sitio que Guatemala, pero qué crees: lo hay, lo hay siempre y solo la gente más obtusa WHACK no lo entiende WHACK porque se creen que todo es como en las películas; que la cocaína es como en las películas; que el sexo es como en las películas; que Canadá es como en las películas, y quizá sí, pero entonces habría que preguntar qué películas, de qué director, de qué año, porque claramente hay películas para todo, y cuando alguien dice que esto o aquello está sacado de una película, o que pertenece a una película, no necesariamente quiere decir que es ideal sino que es improbable, pero no hay nada más improbable BANG que la desgracia, que la PUTA imposibilidad de ser lo que uno soñó despierto mientras veía la laguna que cambiaba de color y a la abuela que cambiaba de ropa en una casa donde no había puertas y viste TÚ sus pechos flácidos, como dos pasas olvidadas en el fondo de un jarrón perdido, como dos estrellas que se apagan y dijiste quiero ser como el licenciado Anderson y la concha de tu abuela te miró de frente, JUAN JUANITO y te dijo que podías ser, indudablemente, lo que tú quisieras.*

Juan Antonio faltó al último día del seminario. Pidió disculpas en un correo que anunciaba en dónde sería la presentación de su libro. La cita era a las diez de la mañana, en sábado, en el Instituto Tecnológico las Américas, por el metro Oceanía. Fui, y no creo que sirva de mucho explicarlo, porque seguro ahora, años después de todo esto, lo dicho sería falso. En todo caso estaba ahí, en una avenida llena de puestos de copias y panaderías y no veía por ningún sitio el instituto. Le pregunté a una señora que regaba la banqueta. ¿Cuál instituto, hijo? Las Américas, señora. Ah, Las Américas. Aquí nomás, mira, y me llevó agarrado del brazo del otro lado de la avenida, a un portón rojo que parecía en realidad la entrada de cualquier casa, y la señora tocó y abrió otra señora idéntica, y una le dijo a la otra: te lo encargo, viene a una cosa de un libro.

Pasé y vi una mesa con una caja de galletas abierta y vasos de unicel humeantes. Alrededor mío había hombres y mujeres de unos cincuenta o sesenta años que conversaban animados entre sí, con la familiaridad que otorga vivir en el mismo barrio o acudir a la misma reunión de alcohólicos anónimos; opciones, pensé, que en este caso no eran incompatibles entre sí, sino más bien harto probables.

¿Viene al festival, joven?, me preguntó una de las mujeres. Le dije que venía a la presentación de un libro, y me dijo sí, por eso, al festival literario. Supongo que sí, dije. Por acá, mi amor, me dijo la señora, que también me tomó del brazo para conducirme edificio adentro, a un segundo piso donde había, de un lado de un salón enorme, una serie de espejos de cuerpo entero y pesas de muchos tamaños y, del otro, alrededor de veinte sillas plegables dispuestas frente a una mesa adornada con un mantel de fieltro rojo. Ahí, al centro, estaba Juan Antonio. ¡Hermano!, me gritó desde el otro lado de la sala. Se levantó de la silla, caminó hacia mí, y me dio un abrazo. Qué bueno que llegaste, bróder. Lo noté nervioso. Sudaba y no me veía a los ojos. Volteaba todo el tiempo a la puerta del salón. Está jodido, me dijo. Más que nervioso, estaba enojado. Al parecer estaba mal el calendario que me enviaron de la editorial y la presentación era hasta mañana, me contó. Pero me lo avisaron hace media hora, cuando llegué, y les dije, no, muchachos, yo me regreso esta misma tarde a Guatemala, y entonces me dijeron que no me preocupara, que tenían un grupo de lectores que podía venir como público. Había otra mesa, pequeña, en una esquina, donde un hombre flaco de lentes redondos me saludó levantando la mano. Es el editor, me dijo Juan Antonio. Nos acercamos a su mesa, nos presentó. Sobre la mesa vi cuatro o cinco ejemplares de *Asalto al patio* que parecían fotocopiados con cierta prisa. La portada era horrible: una paloma como dibujada por un niño de cinco años alzaba el vuelo sobre un pedazo de carne con la forma de la república argentina. Ya tendría que llegar la gente, dijo Juan Antonio al ver que eran las 10:45. En eso entraron los viejos que había visto en el zaguán. Todos traían su vaso de café en la mano, se reían, bromeaban. A ver, a ver, chamacos, dijo la señora que me había traído al segundo piso, vamos a sentarnos para atender la presentación del escritor. Oooooh, dijeron varios al unísono. Te veo ahorita que acabe, le dije a Juan Antonio, y me fui a sentar en la última fila.

Es un gran honor para mí presentar el día de hoy a este estupendo escritor guatemalteco, dijo el editor, mi amigo Juan Antonio, que amablemente nos concede parte de su último día en México para estar aquí con nosotros. Un fuerte aplauso, pidió, y todos obedecimos. Nada más recordarles, antes de cederle la palabra a Juan Antonio, que la novela de la que vamos a hablar hoy está a la venta, aquí conmigo, y que el pago sería únicamente en efectivo. Ahora sí, los dejo con uno de los secretos mejor guardados de la literatura latinoamericana, ¿verdad? Juan Antonio, adelante, maestro. El público volvió a aplaudir. Gracias, dijo Juan Antonio. Qué amables palabras. Y gracias a todos ustedes por estar aquí, esta mañana. Yo sé que es difícil a veces despertarse temprano, desplazarse en una ciudad como esta, una locura, pero bueno, aquí estamos, y yo creo que a todos nos une una gran pasión por la literatura. Quizá valga la pena empezar hablando de eso, de cómo nació en mí el deseo de escribir en general, y después de escribir este libro en particular.

Entonces Juan Antonio contó una versión de su vida que desembocaba, casi de manera natural, en ese segundo piso del Instituto Las Américas. Habló, sobre todo, de lo que llamaba la trascendencia de la literatura. Nadie lo interrumpió durante treinta minutos, a excepción de un viejo que entró al salón para preguntar dónde quedaba el baño. El editor tenía los ojos cerrados pero asentía de vez en cuando. Los viejos lo escucharon con respeto. Una señora sacó una libreta con un dibujo de Piolín en la tapa y escribió algunas cosas. Y eso es todo, dijo Juan Antonio como última frase, antes de dejar el micrófono de nuevo en la mesa. Los aplausos despertaron al editor, que dijo entonces que llegaba la hora de las preguntas y respuestas. Hubo silencio por un minuto. Tosió algún viejo. Y entonces la señora que había tomado notas levantó la mano. El editor caminó hasta ella con el micrófono. Gracias, señor

Antonio, por su bella presentación, dijo la señora. Fíjese que yo leo bastante, me gusta mucho pues ahora sí que estar leyendo, porque los días a veces son muy largos, ¿no cree? Juan Antonio asintió en silencio desde la mesa. Bueno, pues yo leo cosas. Cosas que encuentro pues, qué sé yo, en internet, o que compro luego en el metro, o que me regalan ahora sí que mis nietos y mis nueras, porque saben que me gustan mucho los libros, ¿verdad? Y pues me pareció muy interesante su cuento este de los robos, aunque no le entendí mucho, pero yo creo que lo voy a comprar, ¿verdad? Pero primero quería preguntarle algo. Ya leí algunos libros del señor Paulo Coelho, de otro que ahorita se me está olvidando el nombre, bueno de García Márquez también, y entonces, pues ahora sí que le digo, en ese mismo sentido, en cuanto a la literatura latinoamericana, ¿verdad?, ¿qué me recomendaría leer usted?

Juan Antonio sacó un pañuelo del bolsillo interior de su chaqueta de cuero. Se limpió el sudor de la frente en lo que el micrófono regresaba a la mesa. Primero resopló y después dijo: La verdad es que esos dos que me acababa de mencionar, señora, se me hacen pésimos escritores. No pude ver el rostro de la mujer, que me daba la espalda, pero vi que seguía de pie mientras Juan Antonio respondía. Yo aquí acabo de decir que, en mi novela, traté de aproximarme más al modernismo de Joyce, a lo que hacía Virginia Woolf en sus inicios, a la vanguardia que todavía representa Kafka. Piense en Kafka, señora, dijo Juan Antonio. Piense que es nuestro contemporáneo. Hay que crecer, evolucionar. Yo aquí estoy hablando de literatura, señora. Aquí estoy hablando de cosas importantes. Estoy hablando de hacer arte, estoy hablando de Thomas Mann, señora, que seguro no le suena a usted para nada; estoy hablando de cosas serias, porque usted dice Coelho y yo me pongo a vomitar, me vomito aquí enfrente de todos, dijo Juan Antonio.

La señora susurró un gracias, tomó asiento y guardó su libreta. Afuera un hombre buscaba a gritos al dueño de un Jetta rojo que tapaba su entrada.

El hombre de Cristal

Nos juntábamos los martes en la mañana. Éramos dos hombres y cuatro mujeres alrededor de la mesa del comedor, con el profesor en la cabecera. Alicia me había invitado porque creyó que el seminario podía interesarme. Tuve que llamar al profesor por teléfono para preguntar si acaso tenía un lugar disponible. Normalmente no dejo que venga gente de fuera, aclaró, pero alguien se acaba de dar de baja y quizá podamos ajustarlo. ¿De qué depende?, le pregunté. De mí, contestó.

Dos días después me devolvió la llamada. Me dijo que por cuestiones de salud el seminario sería en su casa. Me dio una dirección; llegué antes que el resto. Era un día soleado. Toqué y me abrió la puerta del tercer piso un hombre pequeño, enjuto y de bastón. Tenía una barba crespa y gris y traía, encima de un suéter grueso, algo como un poncho de lana o una cobija que le cubría el torso. Me presenté, pero él ya sabía quién era. Ahora vuelvo, dijo, y desapareció por un pasillo. Al fondo vi a una mujer que se cruzaba frente a él y se despedía en silencio, agachando la cabeza. Sonó el timbre y abrí la puerta. Era Alicia. Estaba nervioso y no lo sabía hasta que la vi. Relájate, me dijo, no es para tanto. Llegaron los demás y se sentaron alrededor de la mesa; la sensación era la de una fiesta más o menos formal donde todos se conocían pero nadie se saludaba. Entonces apareció de vuelta el profesor. Se sentó en la cabecera y dijo que estaba muy feliz de tenernos ahí, pero que tuviéramos cuidado con el mantel y las sillas, que tenían las patas flojas. Es mejor que nadie coma ni beba, pidió. Hasta entonces no había notado que le faltaba la mano derecha.

Todos sabemos por qué estamos aquí, arrancó, así que no hace falta decir nada de eso. Alicia repartió unas hojas impresas. Cada semana leeríamos un libro distinto; testimonios varios alrededor de la guerra. Diré algunas cosas al inicio de cada clase, aclaró el profesor, y después me gustaría que discutiéramos los textos todos juntos. Un par de moscas de la fruta volaban alrededor de la casa. Me descubrí sudando. Para esta sesión, siguió, como no había lectura asignada, quizá lo mejor sería que habláramos del sentido mismo de la guerra. Nadie se amilanó con la propuesta. Una mujer de espalda ancha, a quien llamaré la nadadora, dijo entonces: quizá la guerra sea como un coche manejado por un ciego. En el extremo opuesto de la mesa, el otro hombre del seminario, un tipo flaquísimo, respondió que acaso para poder manejar uno tiene que olvidarse necesariamente de su cuerpo. Todo instrumento, dijo, solo es útil si se olvida que es un instrumento y se convierte, digamos, en una extensión de la mano. ¿Pero quiénes son estas personas?, le pregunté a Alicia al final de la clase. No seas chismoso, me contestó.

Esperábamos lo peor, leí, no lo impensable. Llegamos al campamento y nos repartieron en cuatro cabañas maltrechas. Esa noche, asediado por los mosquitos y la humedad que subía desde la tierra, soñé que el sargento me ponía en las manos un mapa y me pedía que encontrara un agujero. Caminaba durante horas a lo largo de un desierto liso e interminable. El mapa estaba en blanco, a excepción de un punto que parpadeaba y se movía conmigo. Desesperado, hundía las manos en la arena, pero cualquier hueco que hacía volvía a cerrarse de inmediato. Llamaba al sargento y le decía que, por fin, lo había encontrado. Él me felicitaba encarecidamente, pero no me preguntaba dónde. Me decía: Ya puedes volver, hijo. Yo me sentía mal por mentirle.

Del departamento conocí la entrada, el comedor y el baño. El profesor esperaba a que todos estuvieran sentados y sólo entonces aparecía desde el fondo de un pasillo. Las ventanas del comedor daban hacia el departamento de enfrente. Muchas veces me pareció ver ahí, en el reflejo mudo del vidrio, a aquella mujer que se despidió del profesor antes de la primera clase.

Puedo entender, dijo el segundo día una chica con una argolla en la nariz, que quien estuvo en la guerra contemple con ilusión la idea de un entierro. ¿En qué sentido?, preguntó Alicia. Un funeral largo y completo, aclaró la del arete, incluida una ceremonia religiosa, una reunión de amigos y familia, discursos, bebida, una cena. La paz de tener por fin un lugar de descanso, a los pies de una colina donde a veces haya flores, aunque no necesariamente propias. El profesor asentía en silencio. Traía puesto el mismo suéter de la primera sesión. Las botellas de refresco y las cajas de galletas danesas que había visto en una alacena del comedor la semana pasada seguían ahí, como si esperaran una celebración sin fecha.

Ese día me fijé en el muñón, protegido por un cabestrillo de plástico. Un funeral es un lujo, coincidió la nadadora. La discusión siguió por ahí durante un rato hasta que el profesor se aclaró la garganta y pidió una disculpa. Tengo que ir por una medicina, anunció. Tardó mucho en rodear la mesa. Más allá del tiro de luz del patio interior del edificio, en el departamento de enfrente, vi moverse una sombra. Todos esperamos en silencio hasta que el profesor volvió y dijo: tienen que saber lo que me pasa. Mi cuerpo puede quebrarse. Para todo efecto práctico, dijo, estoy hecho de cristal. Un buen día empecé a perder peso aceleradamente. Cuando llegué al hospital me internaron durante una semana. Después de una serie de exámenes descubrieron un problema en el intestino. Durante diecisiete días no comí nada; tampoco bebí agua. A las tres de la mañana llegaba una enfermera a inyectarme lo que sea que me mantuvo vivo. Y ahí pensé: ¿qué es la sed?, ¿qué es el hambre? Pero también, ¿qué es el tiempo? ¿Quién puede decir si diecisiete días son mucho, si es poco? Yo no, aclaró, pero sigamos.

Años después, leí, me encontraba en la estación reconstruida junto al Sena cuando todos los viajes fueron cancelados por un problema de logística. Las instrucciones eran confusas y los propios empleados ferroviarios no tenían muy claras las cosas. El ambiente dejó de ser cordial muy pronto y se convirtió en un mercado lleno de gritos; un lugar en donde todos los clientes habían sido engañados por el mismo carnicero al mismo tiempo. Nos obligaron a subir a unos autobuses pero no nos dijeron para qué. Asumí que había que cambiar de estación, quizá de ciudad, pero traté de mantener la calma. Mi viaje era corto y no era esencial, y en cualquier caso podía esperar algunos días. Pero el hombre que estaba junto a mí, de pie en el autobús, no reaccionó de la misma manera. Yo no hablaba su lengua, que quizá era búlgaro o polaco, y él claramente no hablaba francés. Me pedía ayuda, me tiraba de la manga del saco, sudaba y me miraba con el rostro enrojecido, como si algo que yo desconocía fuera, en realidad, mi culpa. Volteaba constantemente a la ventana del autobús, lleno de miedo, como si estuviéramos a punto de caer por un barranco. Yo no tenía tiempo para ayudarle a este viejo; tampoco tenía la paciencia. Me pareció un tipo vulgar y molesto y traté de ignorarlo, hasta que me tomó por las solapas, me gritó algo a la cara, y vi el tatuaje en el antebrazo. Entonces sentí un dolor agudo en el estómago, una sensación que quizá signifique a la vergüenza. Entendí su terror por viajar en un autobús de destino incierto, conducido por hombres que hablan una lengua ajena, y lo tomé del brazo, lo miré a los ojos y le dije, aunque no me entendiese, que iba a ayudarlo. El hombre se tranquilizó. Pasamos dos noches en un hotel de Saint Denis. La compañía de trenes nos dio un vale por dos cenas en el bar de la estación.

Para mí que la prosa, dijo durante la tercera sesión la única chica que no había hablado, de cabello rubio y quebradizo, es la memoria del pensamiento. Una aproximación a la verdad, apuntó el flaco. Entonces, siguió Alicia, eso quiere decir que la poesía es la memoria de las emociones. Una aproximación a lo verídico, concluyó la del arete. El profesor asentía y yo apuntaba.

La tentación de rendirse ante la muerte, leí, la repulsión ante la imagen de un cadáver que no cabe en la camilla, los pies que cuelgan, la sábana incapaz de cubrir el cuerpo entero. La preponderancia de esto último a la hora de las consideraciones finales.

Uno puede recordar una situación dolorosa, dijo el profesor durante la cuarta sesión, pero nadie puede recordar, en sí mismo, el dolor. Por ejemplo: a los diez años, dijo, estaba jugando golf en el jardín con mi primo. Golf sin palos ni pelota: una escoba agarrada de los pelos y el sonido del aire cortado, un hacha que rozaba las briznas de pasto cada vez que fingíamos un impacto. En uno de esos movimientos mi primo perdió el control del palo y me arrancó la nariz. Recuerdo el momento en que me agaché para recogerla. Sabía que debía llevársela a mi madre en la casa. Me fijé por primera vez en la nariz del profesor y vi que estaba chueca. ¿Y qué pasó después?, preguntó Alicia. Eso ya no lo recuerdo, dijo.

Entonces sonó el teléfono. El profesor pidió disculpas. Dijo que su madre estaba muy enferma, que sólo por esa razón iba a interrumpir el seminario para atender el aparato, porque esperaba noticias. Lleva cuatro días sin tomar una gota de agua ni probar bocado, dijo. Los doctores dicen que puede vivir cinco minutos o cinco días. Me sorprendió que el hombre de cristal tuviera una madre. ¿Por qué no participas?, me preguntó Alicia en voz baja. Un minuto después el profesor regresó al comedor. Me querían endilgar una tarjeta de crédito, dijo. Nunca sé en estos casos si acabo de hablar con una persona o con un autómata. Me confunde, porque las expresiones que usan algunos hombres y mujeres en estas líneas comerciales son francamente robóticas. He tenido la tentación de detenerlos a la mitad de lo que me quieren decir para proponerles un ejercicio. Quisiera decirles: si eres una persona, repite ahora mismo la siguiente oración: No soy un robot. Mi terror más grande es que en ese momento, del otro lado de la línea, escuche únicamente el silencio.

Y en la guerra, preguntó Alicia con una habilidad tremenda para retomar el hilo, ¿cómo puede distinguirse a un hombre? Entonces el profesor habló sobre la importancia de contar con un sistema moral para enfrentar cualquier situación; el flaco preguntó si ese sistema tenía que estar orientado hacia algo que no fuera la moral misma; la nadadora dijo que toda división era por naturaleza excluyente y por necesidad violenta, y la del arete dijo que, para vivir, era importante poder decir ellos, nosotros, yo. La chica rubia, que tenía —lo recuerdo—

ojos de un verde tan intenso que parecían avergonzarla, dijo que le parecía extraño que, en esta discusión, nadie hubiera hecho referencia al problema intrínseco de referirse a una experiencia colectiva en términos individuales. La guerra es compartida, dijo, y también es, al final del día, una polémica; las batallas son los argumentos. En una guerra alguien trata de convencer a alguien más de algo que le parece imposible. Si el final de la guerra depende de una decisión provocada por una acción moral, ¿tiene más peso la credibilidad de un testimonio calculado, o la pasión con la que se presenta una historia? Habría que pensar, respondió el profesor, si necesariamente objetividad y pasión son términos opuestos; puede haber quien tenga, por ejemplo, una pasión por la objetividad, por la razón. Y en ese caso, dijo, el de alguien absolutamente comprometido con la razón, ¿puede separarse esa decisión de su componente pasional?

El teléfono sonó por segunda vez. El profesor se levantó con parsimonia, molesto por la interrupción. Nos dijo que tomáramos un descanso. Salí a fumar. Cuando regresé al tercer piso la nadadora abrió la puerta y me dijo: ha muerto.

Era un espía, leí, un espía polaco que debía dejarse capturar y ser trasladado a uno de los nuevos campos alemanes y después —ya se vería cómo— habría de ser rescatado para que pudiera entregarle al mundo un informe completo del horror.

El espía tiene éxito —es un decir— en lo primero: lo trasladan a Treblinka y toma notas, ahíto de espanto, en retazos de papel de baño que después entierra con desesperación bajo la grava. Pasa ahí, digamos, unos treinta o cuarenta días, treinta o cuarenta días más de lo necesario en todo caso, hasta que llega desde Berlín la orden de liberarlo. El espía polaco, anémico y casi deshecho, aferrado a los pedazos de papel con tanta fuerza que el puño le sangra un poco, cree, a diferencia de la mayoría de los seres humanos, que su experiencia atroz será de algún modo relevante, que de algo habrá valido la pena. En Varsovia lo suben a un avión que lo lleva a Londres, o mejor dicho a un suburbio de Londres llamado Wimbledon, donde lo meten a un hotel en el que cada cuarto tiene una chimenea y no hay que bajar por la comida. Le dan papel y pluma; le piden que anote todo, que transcriba sus garabatos. El espía no puede dormir. Come todo el tiempo y en una semana engorda siete kilos. Un día le dan permiso de salir a caminar. En el parque ve a una mujer que alimenta a las palomas con pedazos de pan que ella muerde primero y no puede tragar y que después, húmedos de saliva, lanza al suelo.

Una mañana se aparece junto con el desayuno —salchicha, huevo, morcilla— un agente de la oficina británica de guerra. Le dice que todo está listo. ¿Todo?, pregunta el espía. Absolutamente, confirma el mensajero, ya vienen en camino el presidente Roosevelt y el primer ministro Churchill. Había llegado su momento, para esto se había preparado desde hace años. Estaba convencido de lo que diría y de la manera concreta en que habría de presentarlo. Tendrás cuarenta minutos, le dijo el agente, y al espía aquello le pareció una eternidad, ciertamente mucho más tiempo del que cualquier persona necesitaría para explicar o entender la gravedad y la urgencia de lo que sucedía. Nadie sabe lo que pasa allá adentro, pensó, pero esto cambia ahora, hoy, doce de marzo, 1942. Se afeitó, le escribió una carta a su padre muerto, la guardó en su valija. A las cuatro de la tarde tocaron a la puerta. Entró primero Roosevelt, empujado en una silla de ruedas por una mujer delgada y frágil que no quitaba la vista del suelo. Churchill preguntó si podía abrazarlo y le dijo al oído eres un héroe, hijo. Después se desabrochó el chaleco y se sentó en la cama. El espía, de pie frente al auditorio que imaginó tantas veces, lo explicó todo con claridad y elocuencia. El relato era al mismo tiempo imposible y detallado; la luz declinante de la tarde enmarcaba la ventana. En algún punto el agente de la oficina de guerra tosió y levantó las cejas y le susurró al espía que le quedaban cinco minutos, y entonces el polaco ató los últimos cabos sueltos y dijo, con todo el coraje que pudo amasar, que por eso había que actuar de inmediato y de manera contundente, que la historia del mundo iba a ser otra muy distinta, insoportable, si hacían nada; que esta debería ser la máxima prioridad para todo aquel que amara la vida, la libertad, el bien. Churchill se puso de pie y aplaudió tres veces. Roosevelt tenía las manos entrelazadas a manera de plegaria y la mirada en otra parte. Hijo, dijo Churchill, quédate tranquilo. Ahora nos toca a nosotros. Gracias, le dijo Roosevelt. Gracias de verdad. La mujer que empujaba su silla apareció detrás de las cortinas y lo llevó fuera. Estaremos en contacto, le dijo el agente. Cuando se fueron el espía cerró la puerta y sintió que se hacía de pronto un silencio denso, como si estuviera dentro de una botella a la que alguien acababa de ponerle un corcho. Se desplomó en la cama y durmió dieciséis horas. Los campos permanecieron abiertos otros tres años.

Al fondo, el sonido del bastón sobre el parqué. Todos estábamos de pie alrededor del comedor, rebasados por la noticia que la nadadora había escuchado detrás de las paredes. El profesor se acercó hasta nosotros y se sentó. Lo imitamos. Dos, tres minutos de silencio y entonces el flaco susurró: profesor, y éste lo interrumpió con un dedo al aire y dijo: no sé si debería suspender por un momento el seminario. Todos miraban hacia la mesa. Aunque la verdad, reconoció el profesor, no tengo la más mínima idea de qué hacer. Creo que lo mejor es suspender, dijo Alicia. Sí, sí, respondió el profesor. Estas cosas deben resolverse pronto. La del arete se levantó de la silla y todos hicimos lo mismo. Me acuerdo, dijo el profesor, todavía sentado y con la mirada hacia el departamento de enfrente, de un cartón que alguna vez vi en el periódico o en alguna revista. No sé por qué me vino a la mente ahora. Era un supermercado. En un pasillo había un letrero que decía Placebos. En el pasillo de junto el letrero decía Placebos de alto rendimiento. Era gracioso.

Una noche, leí, cerca del final de la guerra, un hombre tocó el timbre de casa. Estaba vestido con un uniforme militar gastado, las costuras rotas y sin ningún lustre. Me dijo que necesitaba un lugar donde dormir: el enemigo lo perseguía, pero también sus compañeros, porque lo acusaban de un crimen del cual se declaraba inocente. Había algo en la mirada del hombre, en la manera en que presentó su situación frente a mí, que me hizo ponerme de su lado, creer que era cierto que se había cometido una injusticia en su contra. Le dije que podía dormir en el sótano, pero que cerraría con llave la puerta que conectaba con el resto de la casa. Aceptó. Habré dormido unas dos o tres horas hasta que escuché los tanques y los gritos. Desde el balcón vi a los perseguidores. El oficial a cargo me preguntó si había visto a un hombre alto, de manos huesudas y nariz quebrada que podía estar por la zona. Yo no le había prometido al hombre que lo protegería de una operación como esta. Le señalé al oficial la puerta del sótano. Los culpables, me dije mientras los perros y los hombres bajaban con rabia la escalera, son ellos, los perseguidores de un hombre inocente. No yo. Yo soy alguien que no miente. El contenido de una mentira es completamente irrelevante. Lo mejor, siempre, es no mentir.

Una semana después de la muerte de su madre el profesor se sentó en la mesa del comedor y dijo, antes que otra cosa, que tenía cerca de veinticinco mil libros en esa casa, organizados según la fecha en que habían sido comprados. Son, dijo, una suerte de línea del tiempo. Puedo recorrer los estantes y saber quién era yo en un momento dado de la vida. Dentro de algunos a veces encuentro los recibos de la librería, que tienen la fecha, la dirección, la hora exacta de la compra. Es una cartografía privada de la memoria, que me imagino no hace sentido para nadie que no sea yo. Esta semana mi hermano contrató a una persona para que viniera a limpiar el departamento, en lo que yo estaba fuera, atendiendo los asuntos que ustedes ya conocen. Ayer regresé y vi que dos libros estaban fuera de lugar. No dormí anoche y no he podido encontrarlos. Para mí es como si los hubieran quemado.

Esa semana hablamos —hablaron— sobre la conveniencia o no de extender las metáforas bélicas para hablar del mundo, de trazar analogías entre un conflicto armado y otro. En algún momento Alicia apuntó que si todo evento es por naturaleza singular, ¿cómo podía uno aprender cualquier cosa de ello? ¿Cómo es —siguió— que una experiencia excepcional provee las bases de una aseveración filosófica o, peor tantito, universal? Quieres decir, preguntó la nadadora, ¿cómo se vuelve pertinente lo propio? Sí, más o menos, dijo Alicia. El profesor miraba hacia afuera. Llovía como llueve en las mañanas, sin estruendo, sin aviso.

No sólo es imposible ponerse en el lugar del otro, dijo más tarde el flaco: es que desde ahí no puede aprenderse nada. Del sufrimiento de los demás, quieres decir, preguntó la rubia. Así es, confirmó el flaco, e incluso iría más lejos. Diría que la solidaridad misma sólo tiene valor, o sólo aparece como valiosa, en momentos de excepcionalidad, de violencia o peligro, lo cual la vuelve sospechosa. Por lo menos a mí, dijo, y no sé a ustedes, a mí me hace pensar que no se trata de un valor en sí, como la televisión y ciertos políticos pregonan hasta el cansancio, sino que se trata de un valor contingente, relativo. Bueno, contestó la del arete, esa es tu opinión. Llovió hasta el final del seminario. El teléfono sonó dos veces. El profesor no se levantó a contestarlo. Tampoco dijo palabra.

No sólo no creía en los fantasmas, leí: ni siquiera le daban miedo. Acostado en la cama de ese hospital improvisado, esa iglesia, con la pierna destrozada por veintidós pedazos de fierro —según había contado un doctor puntilloso— el soldado se repetía una y otra vez ese chiste sencillo pero efectivo, un chiste que funcionaba siempre para hacerlo reír y para quitarle, aunque fuera un poco, la angustia infinita de la noche, el desdoblamiento del tiempo que ocurre en cualquier moridero. Había perdido desde hace meses la perspectiva del heroísmo, la idea romántica pero equivocada de que con esta guerra se acababa la posibilidad de las otras. Le costaba trabajo reconocerse en el muchacho de diecinueve años que había decidido apuntarse para el combate en vez de terminar la carrera, en vez de ser, como su padre, un dentista mediocre pero feliz. Tampoco podía entender muy bien a dónde iría su vida si salía de esta, si la gangrena no avanzaba de manera feroz e incontrolada, si los doctores y las enfermeras lograban dedicarle a su caso suficiente tiempo como para salvarle la pierna. Pensó que nadie lo esperaba de vuelta en la ciudad de Wichita. Admitir que uno no entiende lo que pasa, le dijo un día una enfermera de apellido Johnson, es una postura más espiritual que analítica.

El soldado la escuchaba con atención y pensaba el resto del día en las cosas que ella le sugería por la mañana. Se llamaba Elizabeth, Liz, y había nacido en un pueblo del norte de Nueva York donde se había jugado —según ella— el primer partido de béisbol en la historia de Estados Unidos. Eso era todo lo que sabía. Cada vez que se acercaba a su cama —a revisar la presión, a asomarse para ver la pierna por debajo de las sábanas— él intentaba hacer un chiste, decir cualquier cosa para alargar su presencia. Trataba, con éxito inconstante, de hablar con ella; le parecía una cura más efectiva que cualquier otra. Pero Liz Johnson simplemente no podía darse el lujo de la coquetería por dos razones: porque estaba comprometida con un hombre de Boston, y porque había otros ciento cuarenta pacientes en ese hospital improvisado que también necesitaban ser atendidos. Pensó en cómo decirle lo primero al soldado sin lastimarlo, sin que sonara a una noticia triste, porque sabía por experiencia que eso perjudicaría el proceso de recuperación. Le dijo, en cambio, que él todavía era muy pequeño —ella tenía veintiocho—, que ya habría tiempo, después de la guerra, para ponerse al día sobre la vida del otro y ver entonces qué pasaba.

El soldado se aferró a ese hilo delgado. Confió en la enfermera Johnson porque de algún modo estaba obligado a hacerlo: su vida dependía de ello. Cada mañana él le daba los buenos días, le hablaba de los ríos de Wichita, de la casa incomprensible que recién había construido en la calle dos de la ciudad un arquitecto de apellido Wright. Ella lo escuchaba con algo de interés y también algo de afecto, como una hermana mayor que atiende las aventuras de verano de uno más pequeño.

Pasaron los meses. El soldado conservó la pierna. Dormía y a veces soñaba. En algunos sueños aparecía Liz Johnson y le daba a entender que ya no tenía prisa, que no había ningún enfermo más en la nave infinita de esa iglesia italiana. Se habían curado todos y él era el último, el único. En otro salía por fin de la cama sudada y se descubría perfectamente vestido, con el uniforme verde y recién planchado. Por el atrio de la iglesia, como una novia o un fantasma, aparecía Liz. El soldado la esperaba en el altar con una confianza desconocida, una especie de calor que empezaba en el pecho y que lo plantaba firmemente sobre la tierra. Cuando Liz estaba a un par de pasos de distancia el soldado metía la mano en el bolsillo trasero del pantalón: quería enseñarle los pasajes del transatlántico que los llevaría de vuelta a Nueva York. De pronto sentía la pierna mojada y los billetes salían del bolsillo empapados y quebradizos. De cualquier modo Liz Johnson alcanzaba a ver que eran falsos y le decía mientras negaba con la cabeza: está claro que así no podemos ir a ninguna parte.

Le dieron el alta. Un general de división le entregó una medalla de plata y una bandera de Estados Unidos doblada en un triángulo perfecto. Ese día, el último en Italia, no encontró a la enfermera por ninguna parte. Le dejó una carta sobre la cama. De vuelta en Kansas pudo caminar de nuevo sin muletas. Le escribía diario; cartas largas y variadas donde le contaba detalles de su infancia y le resumía las memorias del presidente Grant, cuya lectura había interrumpido poco antes de la guerra. Ella le contestó las primeras cuatro. Le dijo que se alegraba mucho por él, que su recuperación era notable, que podía imaginar perfectamente las calles y avenidas de su ciudad natal. Le pidió también que la disculpara por no responder con cartas tan largas como las suya, pero que el trabajo era mucho y no paraba. Le mandó, al final de las primeras dos, un beso. Le llamó valiente, encantador, cariño. Él le dijo a todo mundo que tenía una novia llamada Liz, y que nada más acabar la guerra vendría a casarse con él y quizá comprarían, por qué no, la casa Wright. A la quinta carta ella le habló del hombre en Boston. Le pidió que dejara de escribirle. Él contestó incrédulo. Liz, le dijo al final de la carta, me duele tanto que es como si me hubieran abierto la pierna de nuevo. Tres meses después ella contestó. No te preocupes, decía la última línea, *all bleeding eventually stops*.

Ya casi no me quedan fuerzas, dijo el profesor el penúltimo día del seminario. No puedo dormir, siento que volverán a abrirme pronto. Pero antes de que eso suceda, dijo, quiero terminar con nuestro trabajo. ¿Qué tocaba leer hoy? Alicia dio el nombre del libro. Ah, dijo el profesor, maravilloso. En eso la sombra del departamento de enfrente cruzó rápido por el ventanal y escuché cómo, segundos después, se abría una puerta. El progreso moral, decía el profesor mientras los pasos de la sombra avanzaban hacia nosotros, termina solo con la muerte. La vida es una lucha constante contra la sensación de vergüenza que le es ingénita. Al fondo del comedor apareció una mujer de pelo corto y falda larga que se aclaró la garganta. Perdón que interrumpa, dijo, pero creo que va a temblar en cualquier momento. Salgamos con calma, pidió el profesor.

Todo esto sucedió hace más de quince años. A veces, cuando me junto con Alicia por cualquier cosa (un cumpleaños, otra boda, la suerte), volvemos a contarnos este o aquel episodio de esas diez semanas. Ella tiene otros nombres, los verdaderos, para los asistentes del último seminario de su profesor. Coincidimos, sin embargo, en una serie de puntos básicos: que el único otro hombre del grupo era extremadamente flaco, que hacía mucho calor en ese departamento, y lo extraño que fue cuando bajamos a la calle, avisados de un temblor inminente, y no sucedió nada. A veces Julia falla, dijo el profesor cuando estábamos de vuelta en el comedor, pero nunca por mucho. Vi que la mujer había ayudado al profesor a bajar las escaleras, para él infinitas; recuerdo muy bien que fue Alicia quien lo ayudó a subir. La mujer ya no estaba por ningún lugar cuando regresamos a la casa.

En la última sesión el profesor nos dijo que una sobrina le había traído un pastel de zanahoria que quería compartir con nosotros. Estaban por internarlo de nuevo en el hospital. Nada más terminar el seminario escogería cinco o diez libros y volvería a las trincheras. No vayan a pensar que lo digo por dramático, avisó, pero yo creo que este es mi último pastel. Durante un minuto sólo se escuchó el repique de los tenedores contra el plato. Entonces el flaco dijo: no se rinda, profesor. Por favor, contestó él, no hay de qué preocuparse. ¿Puedo decir algo?, preguntó con muchísima cautela la chica rubia. Faltaba más, dijo el profesor. Quiero agradecerle porque esta ha sido una experiencia maravillosa. Agradecerle a usted pero también a todos los compañeros, porque creo que todos podemos estar de acuerdo en que fue un trimestre atípico. El teléfono sonó y la chica guardó silencio, pero el profesor levantó el muñón y lo agitó en el aire —uno, dos segundos— y dijo: que suene, que suene. A veces, siguió la chica, me pongo a pensar. Hay tantos problemas que por momentos me abruma, que me siento incapaz, en verdad, de resolver ni uno solo, ni siquiera el más elemental. Por ejemplo, pienso: ¿qué debo hacer ante una injusticia? Pasa que a veces me pongo a llorar y otras pienso: si yo no me defiendo, ¿quién lo hará? El teléfono sonaba y sonaba en la distancia. Y luego me pongo a temblar, dijo la chica: si sólo puedo defenderme a mí, ¿quién soy?

Por ahí se empieza, sugirió el profesor.

La grieta

Nunca hablaba en pasado. Creía que era una conjugación inútil, que todo lo ocurrido antes estaba necesariamente perdido. Su padre los había abandonado muy pronto, cuando él y Sebastián tenían apenas cuatro años. Eran gemelos. Ambos amaban a su madre con la devoción de todos los huérfanos. Roberto no los visitaba y tampoco mandaba dinero. Cada año, en cambio, le enviaba a Pilar dos o tres de sus cuadros con la intención de que ella los vendiera y de eso pudieran vivir sus hijos. Eran cuadros para los cuales era imposible concebir un comprador, horrendos, si se me pregunta a mí, y ahí quedaron arrumbados en esa casa de la colonia Portales hasta muchos años después, cuando todos los que podrían haberlos reclamado ya habían muerto. Ahora sé que un par de lienzos terminaron en Nayarit, en el museo que tiene la Marina. El resto imagino que habrá sido subastado o vendido entre los vecinos de la colonia, y no han sido pocas las veces que, caminando por el rumbo, he tocado el timbre de alguna casa para contar esta historia y preguntar si puedo echar un vistazo a su sala, o al baño, con la ilusión secreta, pero en absoluto estúpida, de que ahí encuentre un Roberto Martínez.

Sé que Julián, su hijo, lo visitaba en los veranos. Iba un mes o dos a Guayabitos, entre un año escolar y otro. Esas visitas duraron quizá entre los ocho y los trece, nada más. Pero crearon entre ellos un vínculo que definitivamente no existía ya —y quizá no había existido nunca— entre Roberto y Pilar, ni entre Roberto y su otro hijo. Quizá por eso cuando Julián empezó a tomar sus primeras fotografías, cuando las imprimió y las encuadernó en un libro casero que hizo con la ayuda de un par de amigos, al primero al que quiso enseñárselo fue a Roberto. Eran fotos que había tomado con una novia de aquel entonces; hablo de cuando Julián tenía dieciocho, diecinueve años. Imágenes en blanco y negro de edificios derruidos a lo largo de la Ciudad de México, edificios a medio construir o tirados por el terremoto del ochenta y cinco. En las fotografías uno podía ver no sólo el cascajo y las varillas de cobre y la basura que tiraban los transeúntes sobre las ruinas, como si toda pila atrajera de manera inevitable a la materia, sino, sobre todo, el interior de las casas, las paredes desnudas de algún edificio, las escaleras de un hogar modesto por donde ya no subiría nadie. Cuando Julián viajó con su novia a Guayabitos con la única intención de regalarle el libro a su padre y recibir una palmada en la espalda, algún gesto mínimo de aprobación, Roberto los recibió borracho y altivo. Tomó el libro; dio las gracias sin abrirlo y lo hizo a un lado. Entonces sacó del librero otro volumen, mucho más pesado, y dijo mira, este es el mío.

Julián estudió arquitectura. Trabajó durante un par de años en un despacho pequeño y mal organizado, donde prácticamente nadie, a excepción del arquitecto en jefe, recibía un sueldo. Ayudaba a dibujar y construir casas siempre ajenas, que no podría comprar, a las que no iría de invitado. Fue eso, nos diría después a sus amigos, lo que terminó por hartarlo.

Una tarde, a la salida del trabajo, vio a unos niños que jugaban con la basura que habían sacado de un cilindro inmenso que escupía fuego. Se acercó a los niños y entendió que con los desechos construían una casa, o la idea de una casa, como los niños que en Guayabitos levantaban sus castillos de arena. Se le ocurrió que podía imitarlos y empezar a juntar la basura útil de las calles, en una ciudad entonces llena de ella, y construir así pequeños muros. La idea era que otras personas, los niños, por ejemplo, pero también sus padres o los ancianos que vivían sin techo, vieran ese ejemplo de arquitectura práctica y entendieran que era posible levantar otra ciudad con las ruinas de la anterior, una ciudad paralela, improvisada —como todas las ciudades—, de pie según las normas de la arquitectura del desecho. Levantó un muro con un engrudo asqueroso en la plaza de la Conchita, en Coyoacán, y luego otro, frente al panteón de Xoco, y eso fue todo.

En términos prácticos, había fracasado: no floreció la revolución urbana y popular prevista. Pero en reuniones con amigos, en las fiestas, lo contaba con un orgullo y un interés tal que resultaba contagioso. Así fue como yo lo escuché, aquella noche en que nos conocimos en una fiesta en el Ajusco, llena de perros peludos y sillones forrados de plástico. Hacía un frío tremendo. Alguien, en esa fiesta, le dijo a Julián en un punto de la noche: tú no eres arquitecto, hermano, eres un artista. A él le gustó cómo sonaba, y partir de entonces se preguntó varias veces al día si no sería cierto, si no tendría que renunciar al despacho y en vez dedicarse al arte, sin saber muy bien qué significaba aquello, más allá de los cuadros de su padre.

Coincidió que, en esos días, el verano atroz del ochenta y ocho, tocaba por primera vez Leonard Cohen en la Ciudad de México. Estaba pensado como un concierto pequeño, más bien íntimo, para el cual no se había hecho ninguna publicidad. Sólo quien conociera a quien había que conocer podía conseguir un boleto. El ala de un edificio en la avenida Bucareli, que había sido antes una fábrica de tabaco, había de convertirse en auditorio por una noche. Entraron ciento cincuenta o doscientas personas, entre ellas Julián, yo y el amigo en común que había sido también nuestro nexo en el Ajusco y la razón por la cual veríamos en vivo a Cohen.

Tardó en salir, es cierto, pero el público mexicano es paciente y obsequioso. Cuando lo hizo —completamente de negro, incluido el sombrero—, la sala improvisada aplaudió entera; rechiflas y vítores como si todo mundo hubiera visto el mismo gol, uno que le daba a México el campeonato del mundo. Éramos pocos pero el ruido era de miles, amplificado, sin duda, por los pasillos desiertos y más bien macabros de ese cascarón hueco que era la fábrica abandonada. Sostengo lo mismo que entonces: que Leonard Cohen se asustó, que no pudo entender por qué la gente lo quería tanto, por qué festejaban con tal enjundia cuando no había tocado ni una sola nota. Lo acompañaban en el escenario una mujer con un violín, un tipo con una guitarra, y otra chica, delgada y jovencísima, que tenía que ser la corista. Cuando terminaron por fin los aplausos Cohen se aclaró la garganta, de pie frente al micrófono, y dijo algo que habré de recordar hasta que me dure la memoria. Hubo en su momento ciertas tribus en Norteamérica, dijo, a las que, cuando llegaron los blancos, se les ofrecieron espejos. Ellos los rechazaron. Les dijeron a los blancos: tu rostro es para que lo vean los demás, no para que lo veas tú mismo. La antigua tabacalera estaba en silencio. Cohen se sentó en un banco de madera que alguien había puesto en el escenario. Algo bebió de un vaso pequeño. Después dijo: vamos a intentar tocar esta noche, pero tienen que saber que yo nunca he podido prometer nada. Todos pensamos que era algo que decía siempre, o que por lo menos ya lo había dicho en alguna otra ocasión, una forma carismática de empezar el contacto con públicos pequeños, y aplaudimos de nuevo. Cohen empezó con los primeros acordes de "Bird on the Wire" y todos nos volvimos locos: otra vez los aplausos y los silbidos, gente que cantaba cada palabra como si fuera el himno nacional, el inicio de una guerra. Cohen paró la canción a la mitad. Dijo que le entusiasmaba que todos reconocieran la pieza, que les gustara tanto, pero que era mejor si nadie aplaudía, si mejor, en cambio, la gente sólo agitaba las palmas, para que él recibiera la energía sin mayores distracciones. Dijo que sus canciones eran esencialmente rezos que había tenido que componer para sí mismo, como la vez que había muerto su padre y él había escrito, en una de sus corbatas que arrancó del armario, unos versos que lo mantuvieron a flote durante muchos años. Esa corbata, dijo, la enterré en el jardín de mi casa cuando yo tenía nueve, así que ahora es nada, el polvo y el cadáver de mi padre, y daría todo, dijo, porque cada estúpida canción que he escrito siguiera ese mismo destino y yo las olvidara para siempre. Pero aquí estoy, dijo, y ya nadie aplaudió. El ambiente había cambiado por completo. Cohen cerró los ojos y empezó con "So Long, Marianne", y esos dos primeros minutos fueron de una belleza indecible, tanto así que no era raro ver, a un lado y otro, que la gente había empezado a llorar, o que tenía la vista puesta ya no en Cohen o en los músicos, sino en el techo o en el suelo de la tabacalera, como si fuera casi una impudicia mirar a ese hombre de voz grave, tanto más grave que en los discos, que volvía a decirle adiós a una mujer que había amado, con todo lo que cuesta decirlo la primera vez. Y entonces Cohen mismo empezó a llorar. Se le quebró la voz cuando tenía que decir *I never said that I was brave* y se derrumbó por completo, como si de golpe la cabeza le pesara demasiado y no pudiera sostenerla, y lloró así con la mirada en los zapatos durante un minuto, o quizá mucho menos, y la corista, casi una niña, lo ayudó a ponerse de pie y caminaron juntos hacia uno de los lados del escenario improvisado, de donde no volvieron a salir.

Afuera conocimos a un tipo que le regaló un cigarro a Julián y le dijo que había un espacio en la colonia Doctores donde los artistas como él podían ir siempre que quisieran. Las puertas están abiertas, dijo, y todo el tiempo está pasando algo.

Esa semana renunció al despacho y empezó a ir —también de nueve a cinco, como un trabajo cualquiera— a esa casona de la Doctores que se había convertido, casi involuntariamente, en un centro cultural, una galería y un comedor popular al mismo tiempo. Había chefs, amigos de algún artista, que iban a cocinar y ofrecían comidas corridas por diez pesos, cantidad que sólo cobraban a quien pudiera o quisiera pagarla. Había tipos que hacían espectáculos de danza, músicos, artistas visuales que proyectaban sobre las paredes formas geométricas, cubos de luz y pirámides de láser. Había escultores que trabajaban el barro y había quienes escribían sobre sus máquinas con la convicción de que a la Tierra le quedaban pocas horas.

Julián, por su parte, usaba la casa como un lugar para pensar. Se sentaba durante horas en silencio, frente a los ventanales de la sala, o al fondo de alguna habitación, y pensaba. A veces, me dijo, pensaba en su madre y en su hermano Sebastián, que todavía vivían juntos en la colonia Portales. Pensaba cuánto trabajo le costaba a su hermano integrarse al mundo, sentirse parte de él, como si Julián se hubiera quedado con una reserva de energía vital que en principio estaba destinada para ambos; como si viviera o tuviera que vivir dos vidas y Sebastián estuviera condenado a no vivir ninguna, a no salir de la casa, a no poder inscribirse en ninguna escuela y sentir, día y noche, un terror inexplicable que sólo Pilar podía quitarle. Pensaba en su vida como artista. En cómo hacer algo que tuviera sentido, algún tipo de trascendencia. Pensaba en Leslie, una novia gringa que vivía con él y que trataba de convencerlo, todos los días, de irse a vivir a Oaxaca y entrenar halcones para cazar iguanas. Se ha hecho antes, repetía Leslie, que a veces escribía poemas y a veces cuidaba niños por dinero, pero todo el tiempo citaba a Jack Kerouac. *I am sad because all la vida es dolorosa*, decía, y Julián pensaba que tenía razón, pero que no todas las cosas verdaderas tenían por qué decirse en voz alta.

Sentado en esa casa se le ocurrió el asalto a Bellas Artes. No pensó en robar el edificio, sino en intervenirlo. Me pidió que lo acompañara. En una mochila guardamos un martillo, una serie de espejos y yeso. Pagamos nuestra entrada y un policía nos pidió guardar nuestras cosas en un casillero. Nada más voy al baño antes, dijo Julián, y subimos juntos al segundo piso. Había estudiado los planos de Boari y descubierto que el techo de esos baños daba directamente al cielo de la Alameda. Entonces se trepó entre un mingitorio y otro y empezó a dar de martillazos. Increíblemente, nadie vino a detenernos. Íbamos vestidos con overoles gastados, y la gente que pasaba delante quizá pensó que estábamos remodelando. Hicimos el hoyo, imperfecto por supuesto, pero útil para su propósito. Entones Julián colocó una serie de espejos que bajaban formando una escalera invisible desde el techo hasta la cadena de un mingitorio. Asómate, me dijo, y vi, en ese rectángulo diminuto de cristal, instalado a la altura de los ojos, una parvada discreta de gorriones que cortaba el aire delgado de la Ciudad de México.

Esa fue su primera gran obra, por así decirlo. Mucha gente se enteró del agujero en los baños de Bellas Artes y fue a mear con la única intención de ver los pájaros y el cielo. A los pocos días taparon todo y la obra comenzó su camino por donde de verdad importa, el puro recuerdo. Hubo quien buscó a Julián para que hiciera hoyos en sus casas, para que perforara y taladrara y martillara en techos y paredes con tal de que fueran agujeros suyos, donde sea que él escogiera, tomándose el tiempo que fuera necesario. Y eso hizo durante un rato, esas claraboyas o tragaluces de bordes rústicos en casas de señoritos de Coyoacán y académicos de Tlalpan, pero se aburrió pronto.

Por esas fechas me preguntó si yo conocía abogados, gente metida en el registro de propiedades de la ciudad. Y preguntando entre ambos encontramos a un tipo, el licenciado Palma, que le ayudó a Julián a dar con los terrenos o las parcelas que no tenían dueño conocido entre una construcción y otra. Quiero decir: buscábamos pedazos mínimos de tierra, digamos de veinte centímetros de ancho y seis metros de largo, que habían quedado sin dueño entre la venta de un terreno y otro, entre la construcción de una casa, por ejemplo, y el edificio de junto. A veces no cabía ni una persona entre las dos construcciones, pero ahora esa rendija tenía un dueño. Julián compró veinte o treinta de estas parcelas por toda la ciudad y yo le pregunté qué planeaba hacer, cuál era la idea. No sé, me dijo, pero por lo menos ya las tengo.

De ahí pasó a comprar casas abandonadas, o casas que habían quedado acordonadas y vacías tras el terremoto, porque pasaban los años y ahí estaban todavía los escombros, sin que nadie hiciera nada, sin que se construyera nada nuevo o se levantaran los edificios caídos. A veces ni siquiera las compraba: las quería sólo para hacerles agujeros y cortes por dentro, para tirar una pared o un segundo piso y que la casa pareciera otra. Y así fue como cortó sus primeras casas. Con una motosierra y otras herramientas pesadas, también con muchísima paciencia, empezó a hacer cortes longitudinales, como diría un cirujano, de arriba abajo, del techo hasta el suelo, como si se pudiera poner una hoja de papel o una placa de metal entre una mitad de la casa y la otra. Se formaban así las grietas más maravillosas que he visto. Grietas de treinta centímetros que partían una casa en dos, con lo cual aquello dejaba de ser una casa pero tampoco era media casa ni una doble casa, sino algo completamente diferente. Los mismos que habían escuchado el rumor de Bellas Artes ahora se paseaban por una casa a punto de caerse, una casa vacía en la colonia Roma, por ejemplo, donde tenían que cruzar por un pasillo partido a la mitad, dar ese salto de fe, si se quiere, y yo juro aquí que esa experiencia era incomparable. Juro también que la luz ahí dentro era distinta, que al sólo permitirse esa rendija los rayos entraban con más fuerza, como si tomaran algún tipo de revancha, y lo iluminaban todo de tal manera que uno quería mudarse esa misma tarde a la casa en ruinas, a esa casa que estaba por caerse y que en apariencia no tenía nada que ofrecerle a nadie. Cada día la grieta se hacía más grande, por lo cual la obra también cambiaba. La casa vencía sus cimientos a la misma velocidad con la que gira la tierra. Se abría desde la base como una V que pierde fuerza en sus brazos levantados. Hasta que un día, no sé si el que Julián esperaba, pero qué importa en realidad, la primera casa se cayó, y el derrumbe fue discreto como una exhalación, la antítesis del terremoto que habíamos vivido todos.

De ahí en adelante Julián fue el arquitecto que cortaba. Hacía círculos perfectos en los techos, triángulos en las paredes, agujeros como conos que atravesaban un edificio completo por donde a veces entraban los pájaros acompañados de su sombra. En todo este tiempo Julián apenas hablaba con su padre. Tampoco se veían. Pero Roberto les decía a sus amigos, o a las mujeres con las que salía, que no veía por qué tanto alboroto en el mundillo del arte mexicano alrededor del trabajo de su hijo. Para mí que Roberto nunca entendió, o fingió no entender, porque era claro para cualquiera que su hijo ya era un artista mucho más importante que él; que en el recuerdo de todos quedaría grabada la imagen de una casa partida a la mitad, la experiencia sublime de caminar a través de ella. Una obra superior, por supuesto, que cualquiera de las pinturas de Roberto, que nunca fueron más que copias burdas de Courbet.

Fue por aquellos años que la secretaría de cultura de Nayarit invitó a Julián a intervenir edificios públicos. Él aprovechó el viaje para reunirse con su padre. Fueron a cenar. Roberto le dijo, palabras más, palabras menos, que su trabajo era una ridiculez, que ya era hora de que volviera a los despachos. Le dijo que le había conseguido una entrevista con un amigo suyo, arquitecto de verdad, aclaró, para que incluyera a Julián como ayudante en la remodelación del palacio municipal de Tepic. Julián dijo apenas gracias y se levantó de la mesa.

Meses después su madre lo llamó por teléfono. Le dijo que Sebastián estaba mal, que preguntaba por él todo el rato. Julián regresó a la Ciudad de México. Lo que tenía su hermano no lo supo, porque no lo llevaron con ningún doctor y dudo mucho que, aun si lo hubieran hecho, alguien habría podido encontrar algo. Era una afección, me parece, del espíritu, si es que todavía puede pronunciarse esa palabra. Quiero decir que la relación esencial que todo ser humano establece con el mundo en su caso estaba rota, como un vidrio al que alguien había lanzado una piedra pequeña y que nadie, después, había reparado. Tenía veintiocho años. Julián dijo que iba a llevárselo a su casa. Que podía vivir con él y con Leslie, y que le haría bien a su hermano, sin duda, pasar más tiempo juntos, sentirse escuchado, ver a otra gente y otras cosas. Pilar sabía que Julián tenía una influencia positiva en Sebastián, y terminó por aceptar, cosa que más tarde no habría de perdonarse. Esa noche, cuando volvieron, no encontraron a Leslie en casa, en el piso octavo de un edificio viejo de la colonia Cuauhtémoc que daba hacia Río Ebro. Tampoco había comida en el refrigerador o la despensa. Julián le dijo a su hermano: quédate acá en lo que voy por unos tacos. Sebastián estaba de buenas. Había sonreído todo el camino en el taxi, dándole una y otra vez las gracias al conductor. Julián tardó, a lo mucho, veinte minutos. Cuando regresó vio el cuerpo de su hermano en la banqueta, los huesos expuestos, una masa viscosa donde tenía que estar su rostro.

La pieza que siguió a la muerte de Sebastián fue un agujero. Julián se dedicó a cavar con pico y pala durante quince días sin descanso en el piso de una galería de la colonia Condesa. Era un trabajo que no iba a terminar nunca. Lo hacía de siete de la mañana a once de la noche. Paraba para tomar agua, para comer un sándwich que traía de casa, para ir al baño. Y seguía. Yo me llevaba la tierra en sacos que todavía tengo bajo llave en una bodega de Naucalpan. Lo único que lo detuvo fue la llegada de un burócrata, vestido con un chaleco de safari, que se presentó como el licenciado Pérez, de la secretaría de gestión integral de riesgos. Dijo que la obra tenía que clausurarse inmediatamente porque amenazaba la solidez estructural del edificio. Yo creo que, en el fondo, Julián quería tirarlo todo, que terminara de caerse de una vez y para siempre la Ciudad de México, y por eso, aunque tuvo que obedecer al licenciado en esa ocasión, se dedicó desde entonces a cavar hoyos por todos lados. Hoyos a los que les dedicaba una semana y después dejaba ahí, abiertos como bocas monstruosas. Cenotes, decía yo, que también reclamaban sus muertos.

Poco después murió Pilar, atropellada por un pesero sobre Tlalpan. Un accidente horrendo. Y no había pasado ni un año cuando Julián empezó a sentirse mal, a sentir que no podía comer, que cualquier comida le pesaba en el estómago y lo arañaba por dentro como si hubiera tragado vidrio molido. El dolor lo despertaba por las noches y lo obligaba a doblarse sobre sí mismo, con la cabeza entre las piernas, y a llorar en silencio, con tal de no molestar a los vecinos. Porque a veces, me dijo una tarde, el dolor ajeno es más insoportable que el propio.

Leslie había vuelto a Estados Unidos. Julián dejó de salir a la calle. Tomaba unos jugos que le preparaba una amiga. Y eso era todo. Perdió treinta kilos y el dolor seguía. Se negaba a ir a un doctor porque decía que aquello sería admitir de entrada la derrota. Todo médico sabe que está condenado al fracaso, nos escribió a sus amigos en una carta. Que su trabajo, incluso en sus momentos de mayor éxito, en el punto más luminoso, no es más que un aplazamiento de lo inevitable. No puedo imaginarme a un médico, escribió, que más o menos disimuladamente, no odie a nuestra triste especie.

Alguien —no yo— ignoró las razones de Julián y lo subió a la fuerza a un taxi con destino al hospital de Nutrición. El doctor que lo atendió, después de varios días de pruebas, rayos equis, ultrasonidos y resonancias, le dijo que no habían podido encontrar la causa del dolor. Llevamos diez mil años con eso, le respondió Julián. El médico ignoró el comentario y le dijo que la única opción que quedaba era abrirlo y ver qué hallaban. No sé si estoy listo para eso, contestó Julián. Bueno, le dijo el doctor, entonces hágase a la idea de que en cuarenta y ocho horas usted va a estar muerto.

Lo cortaron. Del cogote hasta el ombligo: una rajada fina y precisa, hecha por un hombre con buen pulso y cierto sentido artístico. Y entonces encontraron, dentro, un tumor sigiloso en el páncreas, que inexplicablemente había escapado todos los mecanismos de vigilancia a los que había sido sometido. Lo cerraron. Lo cosieron. El doctor corrigió el cálculo: le dijo que en tres meses estaría muerto. Roberto llegó esa misma noche a la ciudad. No recuerdo quién le habría avisado —quizás fui yo—. Julián no quiso quedarse en el hospital. Desde la cama de su casa, rodeado de sus amigos en sillas dispuestas alrededor del cuarto, vio llegar a su padre y no dijo nada. Cerró los ojos y se quedó así un buen rato. Roberto no se acercó al cuerpo de su hijo. No lo tocó, no le habló. Se sentó en una esquina y cruzó las piernas. Los demás reanudamos nuestra vigilia improvisada. Hablábamos de Julián, de sus obras, de las casas cortadas, del terremoto y los agujeros. Nos reíamos. Alguien sacó una armónica. Roberto intentó hablar de su pintura con una mujer que por edad podía ser su hija. Ella arrastró su silla a otro lado. Vi entonces que Roberto se levantaba, que agarraba objetos de la casa o se ponía a criticar los cuadros sobre las paredes. Escuché cómo tiraba cosas en la cocina, cómo preguntaba si nadie había sido tan amigo de su hijo como para haber traído una buena botella. Alguien —quizás también fui yo— le dijo que era tarde, que por qué no se iba a descansar un rato.

Ya en el vano de la puerta, a punto de irse, Roberto se detuvo de pronto. Dime una cosa, me pidió, ¿por qué le hacen tanto caso? Me quedé en silencio y él se dio la vuelta rumbo a las escaleras, en vez de tomar el elevador.

Triángulos sin puntas

En el verano de 2010, impulsado por el deseo de paisajes enteramente distintos a lo cotidiano, compré, en una página de internet que coqueteaba con el fraude, un paquete de vacaciones en descuento. El viaje incluía diez días en autobús desde Las Vegas hasta Montana y de regreso, con escalas en el Gran Cañón y otros parques nacionales. Llegué casi al último al punto de embarque, el estacionamiento de un hotel viejo que tenía dos tigres flacos en una jaula en la entrada. Después de mí llegó un tipo que estaba a punto de quedarse sin aire y que decía una y otra vez ah su puta madre, como si fuera el rezo de una religión añeja, y al que reconocí al instante como otro mexicano. Subí al autobús y vi al resto en sus asientos. Todos eran chinos excepto dos hombres de pelo a rape en la primera fila, que se identificarían pronto ante los demás como orgullosos ciudadanos del Estado de Israel.

No sabía, cuando compré el pasaje, que se trataba de un tour organizado por y para chinos. El grupo había salido del aeropuerto de Pekín, con un guía que parecía conocerlos a todos personalmente. Quizá una vez que el recorrido estaba armado descubrieron que sobraban cuatro asientos y decidieron ofrecerlos por la libre, como revendedores afuera de un concierto. Ahí caímos —ellos tampoco sabían muy bien cómo— los israelíes, el paisano —se llamaba Javier— y yo.

Los trayectos en la carretera eran largos. Escuchaba música, pero casi nada me entusiasmaba verdaderamente, y entonces terminaba oyendo un audiolibro pirata titulado *Los siete niveles de la ética*. Hasta donde pude entender, yo me ubicaba entre el tres y el cinco de manera más o menos sólida. Frente a un dilema, decía el narrador, un nivel cuatro va a recurrir siempre a una norma. No sabía nada de este hombre ni del texto que leía frente al micrófono —aunque a veces estaba convencido de que lo improvisaba todo, con rabia y elocuencia, como un pastor evangélico. Había comprado el disco a la salida del metro, una tarde lluviosa en que tuve que esperar a que amainara la tormenta bajo el toldo de un puesto de cumbia y películas pornográficas. Junto a *El repartidor mama dos veces* vi el sobre de plástico discreto que decía: *Para ser una mejor persona*, y me pareció que hablaría mal de mí no comprarlo.

Para encontrar una ley injusta necesitamos haber trascendido, decía la voz, ahí cuenta también el universo de lo interno. Yo veía llover por la ventana del autobús que cruzaba las carreteras de Idaho. Miraba los letreros de hoteles que ofrecían desayuno o wifi, pero nunca los dos al mismo tiempo. Eran del mismo tamaño los espectaculares de abogados y consultores de impuestos que los de Dunkin' Donuts, White Castle y Wendy's. Casi todos dormían en sus asientos. Javier también. El guía del autobús, cuyo nombre he olvidado, se sentaba junto al conductor y a veces le hablaba, pese a que nunca obtenía respuesta. Otras lo veía cabecear e imaginaba sus sueños.

En uno, por ejemplo, el guía despertaba a la mitad de un seminario sobre el psicoanálisis y la vida de las plantas. Sentía todo el tiempo que estaba desnudo, pero volteaba a verse el torso y las piernas y le parecía que estaba vestido de manera impecable. Luego volteaba a ver a sus colegas. Todos estaban sentados alrededor de una mesa rectangular que se extendía demasiado; le costaba distinguir las facciones de aquellos en las esquinas. El guía guardaba silencio, esperando que el seminario terminara pronto, sin saber si acaso apenas había comenzado, si esa era su vida y había cerrado los ojos un momento y se había soñado como el guía de un grupo de turistas chinos por el oeste americano. Ponía atención a las palabras de sus compañeros, pronunciadas en un idioma que él conocía perfectamente pero que sólo podía entender por momentos. Mientras las palabras estaban en el aire él las atrapaba sin esfuerzo, pero cuando alguien terminaba su participación, no podía recordar qué se había dicho, ni siquiera el sentido general del debate. En un punto del seminario, la persona que parecía conducir la conversación, una mujer de cuello largo y pulseras que sonaban aparatosamente cuando movía las manos, volteaba a verlo y le decía: Estás pensando mucho. El guía le contestaba: ¿Cómo sabe? La mujer del cuello largo lo miraba en silencio y repetía: Yo sé. Yo sé cuando piensas. El guía la veía a los ojos y trataba de sostenerle la mirada y, quizá, de pedirle ayuda, pero entonces el autobús plateado caía en un bache o el conductor frenaba de manera brusca y el guía volvía a encontrarse en el primer asiento del lado derecho.

Cuando estábamos por llegar al parque nacional en turno, o al motel donde habríamos de pasar la noche, el guía prendía un micrófono y le daba los buenos días al resto con una dulzura extraña, como el susurro que lo saca a uno de un trance o del quirófano, un lugar, en todo caso, al que uno no recuerda haber entrado pero del cual después no está seguro de querer abandonar.

Al tercer o cuarto día empezó a traducir al inglés algunas de sus palabras. Hablaba durante diez o quince minutos en mandarín y después decía sólo dos líneas en un inglés esforzado. Hasta entonces habíamos entendido sin necesidad de ese gesto, que en realidad sólo confundía las cosas. Seguíamos al grupo, y había algo profundamente placentero en esa renuncia. Lógicamente yo no soy el agente ético, decía la voz en los audífonos, el agente ético es una tercera persona, la autoridad que define el premio y el castigo.

Una tarde nublada, mientras el autobús entraba a Utah, el guía se puso de pie en el pasillo del autobús y, con una emoción inédita, anunció que abría el micrófono para quien quisiera pasar al frente a cantar algo. Esto no lo tradujo, sino que lo supe porque en ese momento todo mundo aplaudió y un viejo de cejas hirsutas, regordete y rosado, se levantó de su asiento y empezó a cantar sin ninguna vergüenza ni pista de audio. El viejo cantó mucho tiempo, y nunca sabré si todo era una misma canción o si había hecho un recorrido por su repertorio privado. Le siguió una mujer delgada y nerviosa que encontró aplomo en las notas más altas, las cuales alcanzaba sin miedo. Los israelíes pidieron su oportunidad. Cantaron juntos algo breve y rítmico, que repetía constantemente la palabra *shalom*. Al final, entre los aplausos, uno de ellos dijo que la canción tenía un significado. Quiere decir que traemos la paz, dijo, porque ustedes saben que la paz es muy importante en estos días.

El guía fue el último en participar. Dijo que estábamos por llegar al cañón de las Nueve Millas, pero que él también tenía una canción para nosotros. Su voz sonaba distinta por completo a la que nos había acostumbrado. Cantó durante dos minutos algo que el resto del autobús conocía muy bien, porque lo acompañaron con aplausos y sonrisas. Algunos levantaron los brazos y empezaron a moverlos de un lado a otro, no para burlarse, sino como parte de una emoción genuina —o así quiero verlo, así lo recuerdo. Todavía hoy puedo tararear la melodía. Cuando terminó se hizo un silencio casi absoluto, breve, y ahí es cuando miré hacia el espejo que permitía observar al conductor del autobús plateado y vi que sonreía satisfecho.

Esa noche hicimos escala en St. George, una ciudad pequeña rodeada de colinas rojas. Era tarde, y ni el presupuesto ni la voluntad daban como para ir a buscar algún restaurante o local abierto para cenar. Lo único cerca era un pequeño supermercado. Javier y yo compramos ahí un plato de pasta congelada para calentar en el microondas del cuarto que compartíamos. Al regresar caímos en cuenta que no teníamos cómo comerlo, y volvimos a la tienda por cubiertos. La bolsa de tenedores más pequeña que encontramos contenía treinta. Debatimos durante cinco minutos si convenía o no comprarla. Dudo que el prurito fuera ecológico; lo más probable es que el argumento en contra de comprarlos fuera lo inútiles que nos veríamos cargando veintiocho tenedores para todos lados. Me avergüenza, pero es así: propuse que hiciéramos un agujero pequeño en la bolsa y sacáramos dos. O si quieres nada más uno y compartimos, le dije, en un cálculo con el que trataba de no descender un nivel ético. Estaba a punto de sacar un tenedor cuando apareció en el pasillo una familia. Eran compañeros del autobús. Parecían un abuelo y sus dos nietas. Nos saludaron de lejos con una ligera inclinación de la cabeza y pensamos que eso sería todo, pero entonces el viejo se acercó a nosotros con pasos rápidos y cortos. De pronto estábamos de frente y nos mirábamos entre los cinco sin decirnos nada. El viejo señaló hacia la bolsa de tenedores. Pensé que sabía, que nos había visto tratar de robar un miserable tenedor de plástico, que por tacaños o consideraciones mucho más vulgares no queríamos comprarlos. El viejo se agarró las muñecas detrás de la espalda, como un inspector en una novela vieja, o como imagino que caminan los sacerdotes cuando piensan. Traté de explicarle en inglés que queríamos un tenedor, uno solo, y que en la bolsa venían muchos. El hombre no hablaba inglés y las nietas tampoco. Él nos hablaba en mandarín y ellas se miraban como si compartieran un secreto. Nos pusimos cada vez más nerviosos. El hombre me arrebató la bolsa de los tenedores y con el índice de la otra mano se apuntó hacia el pecho. Repitió el gesto y después nos pidió, también con señas, que lo acompañáramos a la caja. Pensé que era justo que nos acusara ante la ley; el viejo hacía lo correcto. Pero entonces, frente a la cajera, sacó del pantalón un monedero de piel desgastado, lo abrió con delicadeza, y pagó los cubiertos. Las nietas nos dieron un tenedor a cada uno y se llevaron la bolsa. El viejo juntó las palmas a la altura del corazón y movió dos veces la cabeza de arriba a abajo.

La última parada fue Salt Lake City. Ocho horas libres en una ciudad de 190 mil personas. Una de ellas, a la que conocí en una panadería, me dijo que se llamaba Eli. Su padre era de Tepic. A finales de los años setenta el tipo había dicho adiós a todos y cruzado hasta Los Ángeles, donde había encontrado trabajo como mecánico en el taller de unos primos más o menos lejanos. Le decían el Ruco y a él le gustaba: tenía veintisiete años, una camioneta, amigos con quienes jugaba billar cuatro días a la semana y una novia guatemalteca, María, que le hablaba de vos. Un día un negocio salió mal, me dijo Eli —y yo no le pregunté qué negocio, ni cómo—, y el Ruco perdió el trabajo. A la novia la perdería poco después, cuando ella descubrió que su misión estaba en Guatemala; que quería enseñarles inglés a los niños de Suchitepéquez y Sololá, para que los pueblos crecieran y se llenaran de visitantes, flores y música. Le dijo todo esto una tarde en el parque del Eco, rodeados de palmeras que, por abundantes, se habían vuelto para ambos árboles corrientes, a los que casi nunca veían con admiración o sorpresa. Le dijo también que la vida en el norte de América la aburría, y que la había vuelto vanidosa, egoísta y atea. Y qué tiene de malo eso, preguntó el Ruco. Si uno está lejos de Dios, le contestó María, los triángulos pierden sus puntas. Al Ruco le costaba trabajo imaginarse lejos de ella. Sabía que iba a extrañar sus rellenitos, las hilachas de los jueves, sus paches; todas esas cosas que sabían igual a la comida mexicana pero que, en boca de ella, tenían otros nombres. Le gustaba que María usara el diminutivo para todo, que hablara sola, que imitara tan bien a los vecinos peruanos del tercer piso. Pero entendía que en la vida había gente con vocación, y que en esos casos uno debía tener la sabiduría suficiente para reconocerla y dejar libre el camino. El buen cristiano, había leído una vez en la hoja que repartían en misa, no se atreve a juzgar la interioridad de nadie. No opta por psicoanalizar; opta, sencillamente, por acoger, por comprender, por amar. María se fue, y entonces Los Ángeles le resultó al Ruco un lugar insoportable. Preguntó entre sus amigos si alguien sabía de algún paisano que ofreciera trabajo lejos. ¿Donde sea?, le preguntaron en el taller. Donde sea, dijo, y así, con esa bravuconería impostada, tomó un camión de quince horas que lo dejó en Salt Lake City. Ahí conoció a mi mamá, me dijo Eli. Ella hacía pan con un tío que conocía a mi papá desde Nayarit. Siempre parece que somos muchos mexicanos, me dijo, pero al final casi todos nos encontramos. El Ruco tuvo tres hijos. Eli era la menor. Cuando ella cumplió doce él los reunió a todos en la sala y les dijo que había encontrado, después de muchos años, su vocación. Por ahora se iba a Texas, pero no estaba seguro de que esa fuera a ser su dirección o destino final, y les pidió que no lo buscaran ahí, que tampoco le escribieran. Les di las herramientas para que puedan vivir sin mí, les dijo, y todos aceptaron la noticia con un estoicismo absurdo, me dijo Eli, como si nadie quisiera decepcionar a mi papá llorando o haciendo un drama. El Ruco se fue de Salt Lake y Eli se quedó. Se fue también su hermano, que ahora es chofer de un abogado en Las Vegas, y se fue su hermana mayor, que trabaja en Arizona como enfermera en un geriátrico. Eli se quedó con su madre y el negocio del pan, Flores Bakery, donde venden galletas gigantes y maravillosas que decoran como si fueran rebanadas de sandía.

La salida de regreso a Las Vegas estaba programada desde un estacionamiento en la calle 300. El guía nos reunió ahí a todos y nos dijo que nos tenía una última sorpresa. Caminamos en fila hacia lo que parecía un centro comercial y resultó un auditorio. Nos sentaron en el piso y de pronto vi —con la misma extrañeza con la que al cerrar los ojos uno distingue venas en los párpados— cometas, estrellas fugaces, planetas que giraban alrededor de una galaxia oscura, proyectada en el techo del auditorio o el anfiteatro o el salón adonde nos habían metido. Escuché una voz en inglés que narraba la historia del mundo y se detenía en mil ochocientos cinco: el año en que nació Joseph Smith en el estado de Vermont.

Joseph, decía la voz, era un niño absolutamente normal. Ayudaba a su madre a lavar la ropa, respetaba a su padre y aprendió a leer, de manera autodidacta, muy pronto. Tenía catorce años cuando empezaron las preguntas que otros nunca se harían. La primera, quizá la más importante de todas, era qué debía hacer con su vida. Joseph, que ahora vivía con su familia en Nueva York, caminaba por las calles enfangadas de un Manhattan casi agreste y preguntaba siempre lo mismo, al pastor, a su madre, a sus amigos, a los borrachos que se encontraba de manera invariable en las calles Mott o Doyers. ¿Qué hacer? ¿Cuál es el camino correcto? ¿Quién tiene las respuestas? Pronto, casi como cualquiera que espera algo, se decepcionó de los hombres. Entonces decidió dirigir sus preguntas hacia la máxima autoridad concebible.

Era una bella y soleada mañana de mil ochocientos veinte, decía la voz. Joseph se había retirado al bosque para intentar comunicarse con el Padre. Hasta entonces nunca había rezado en voz alta. Se le ocurrió que quizá podría llamar la atención de Dios si probaba con una fórmula nueva, algo que al Creador le sonara distinto. Empezó a orar a su manera y entonces a Joseph Smith se le enredó a la lengua. Se sentía dominado por una fuerza exterior, algo que le apretaba el pecho y le impedía moverse. Tampoco podía hablar, y la desesperación era tan grande, ahí a la mitad del bosque, donde nadie sabía que estaba, que Joseph estuvo dispuesto a rendirse en ese instante ante el Maligno —porque ¿qué otra cosa era, si no?—. Ahí es cuando apareció un haz de luz sobre su cabeza. Calentaba como el sol, o así lo sintió cuando el rayo tocó su cabello lacio y rubio. Al contacto con la coronilla la lengua se le destrabó y las extremidades recuperaron el tono. Le costó trabajo incorporarse, pero cuando lo hizo vio dos figuras. Una de ellas le dijo: Escúchalo. La otra se acercó todavía más. Joseph le hizo la primera pregunta que se le ocurrió en ese momento: ¿Cuál es la religión verdadera? ¿A qué iglesia debo unirme? Ninguna, le respondió el segundo personaje. También le dijo muchas otras cosas que no pueden repetirse, decía la voz, y yo volteé alrededor, en la oscuridad, y vi brevemente iluminados los rostros de los demás, imágenes de un bosque artificial que se proyectaba en ese planetario extraño. Vi que algunos compañeros de viaje dormían y otros parecían aterrados. No vi a Javier por ningún sitio. El guía nos miraba a todos con complacencia desde la orilla del salón, de pie, con una carpeta blanca entre manos y una sonrisa.

Cuando Joseph regresó a la ciudad nadie le creyó. Todas las sectas, decía el narrador, empezaron a perseguirlo. A Joseph le parecía extraña tanta maledicencia, tanta saña en contra de un simple niño; pensaba que si su historia hacía enojar a tanta gente entonces había algo valioso en ella, porque la mayoría de las historias que él había oído hasta entonces le habían provocado más bien indiferencia. Él —estaba seguro— había visto una luz y escuchado a los dos personajes. Esa certeza le permitía resistir las burlas cada vez más hirientes de sus compañeros, de sus amigos, de las mujeres que se reían de él a destajo y no lo tomaban en serio cada vez que empezaba a contar su historia del bosque. Joseph se sentía perseguido, atacado. Cayó, decía la voz, en las trampas de la juventud, en los errores de los necios, en los deslices de los débiles. Pecó, y la culpa era más grande que la que sentían los otros, porque Joseph Smith se había pensado siempre por encima del resto.

Una noche que parecía como todas Joseph recibió la visita de un hombre de túnica blanca. Apareció en su cuarto mientras rezaba intensamente. Con una voz grave —tan grave, imaginé, como la voz que narraba este documental, o esta homilía, que para ese punto había durado demasiado, aunque quién sabe, quizás apenas habían pasado unos minutos y esto no era el fin sino el inicio del viaje por Idaho, Wyoming y Montana, pero todo eso ya me costaba demasiado trabajo saberlo, no podía ya separar los hilos unos de otros, porque la voz tenía una cualidad francamente hipnótica, como si por un momento hubiera pegado el oído a la tierra y escuchara el rumor de un río poderoso— el invitado le decía a Joseph Smith: Yo soy Moroni.

Moroni le dijo que había un libro enterrado. Que el libro estaba escrito en láminas de oro y que ahí se contaba la historia de los primeros pobladores del continente y el origen de la vida. Le dijo también que el libro era intraducible a menos que uno tuviera en las manos dos piedras. Por suerte, las piedras estaban enterradas con el libro. Dios, le dijo Moroni, había decidido mantener este libro guardado durante mucho tiempo. Moroni citó entonces versículos de la Biblia, poesía gaélica, máximas latinas. Joseph escuchaba con atención pero sin entender por completo, tal como había sucedido con los dos personajes del bosque. ¿Dónde está el libro de oro?, preguntó cuando terminó el soliloquio del otro. Moroni se acercó, tomó la cara del muchacho entre las manos, y le dio un beso en la frente. En ese instante Joseph Smith sintió la misma calidez del rayo de luz en el bosque y la misma claridad, y vio el sitio donde estaba enterrada la caja: a los pies de un sauce viejo donde su madre lo había llevado alguna vez en busca de silencio.

Moroni desapareció después de esa visión. Joseph durmió un sueño largo y pesado. Cuando despertó le pidió a su vecino una mula para hacer el viaje hasta el condado de Ontario. Ahí, a las afueras del pueblo de Manchester, Nueva York, Joseph Smith encontró la colina que buscaba. En el costado que miraba hacia el oeste halló la caja, las placas de oro, las piedras. Intentó levantarla y le fue imposible. La caja pesaba demasiado y una voz —decía la voz—, quizá la de Moroni o la de alguno de los otros personajes, le indicó que todavía no era tiempo de sacarla de su sitio. La voz le dijo que tenía que esperar cuatro años, pero que cada trescientos días, sin falta, debía presentarse al pie de la colina para confirmar ante Dios su compromiso. Joseph aceptó y regresó al camino de una vida virtuosa. Trabajaba jornadas largas con su padre en el campo. Ayudaba a su madre en las tareas de la casa. Conoció a una mujer, Emma, y se casó con ella el 18 de abril de 1830. Sin importar dónde estuviera, o en qué obligaciones se encontrara envuelto, cada año Joseph volvía a Manchester, y cada año escuchaba a la voz que le decía:

vuelve el siguiente. Pasaron mil doscientos días exactos y entonces Joseph intentó levantar la caja y lo consiguió sin ningún esfuerzo. No pesaba más que un par de camisas recién planchadas. La voz le advirtió, por última vez en su vida, que él no era el dueño de las placas de oro, ni de las piedras que servían para traducir la palabra divina, sino sólo su guardián. Lo que ahora tenía entre manos no era un premio sino una responsabilidad. Joseph volvió a casa y dudó si contárselo a Emma. Cuando se conocieron él no había dicho nada de su historia en el bosque. No le había contado que su peregrinación anual a Manchester tenía que ver con unas placas de oro o un mensaje divino. Él decía negocios y ella le creía. Decidió mantener la caja y su misión en secreto. Sabía que el siguiente paso era traducir el mensaje áureo, pero necesitaba ayuda. Por algo, pensó, había dos piedras en la caja. Las otras religiones estaban llenas de hombres que hacían todo solos. Joseph no quiso repetir los errores del pasado y por eso, decía la voz, Dios puso en su camino a Oliver Cowley.

¿Y a qué te dedicas, carnal?, me preguntó Javier en una ocasión que bajamos al baño en una gasolinera. Podía verse nieve en los picos de las montañas de Wyoming. La más grande de todas, había dicho el guía antes del descanso, es la Cumbre de la Decepción. *What?*, preguntó uno de los israelíes. *I say: Disappointment Peak*, repitió de mala gana el guía, al que no le gustaba que su autoridad o dominio léxico fueran puestos en duda. No sé por qué, pero dije la verdad: que corregía errores ortográficos en las circulares de una empresa panadera y que, a veces, escribía cartas navideñas o de cumpleaños para algún empleado. Ah no manches, dijo, como si se encontrara por primera vez frente a un astronauta. ¿Y tú?, le pregunté por cortesía. Yo sólo quiero vivir, hermano, me contestó. Ah no, le dije, yo también.

Oliver Cowley tocó a la puerta de Joseph Smith un día de mayo. Dijo que recién lo habían contratado como maestro en la escuela del pueblo, y que el director le había dicho que Joseph tenía una habitación disponible. Joseph no conocía a ningún director y no tenía ningún cuarto para invitados, pero para ese punto en su vida todo cruce, todo evento inesperado era interpretado bajo una clave mística que le daba sentido y uniformidad a sus días. Pensó que Oliver era un personaje más (como el rayo, la voz, las piedras livianas) y tardó muy poco en mostrarle la caja. Cowley fue la primera persona que reaccionó con mesura ante la historia. Le dijo que todo era, sin duda, un acto de Dios, y que debían empezar a traducir las placas de oro de inmediato. Joseph pensó en ese momento que sería buena idea bautizarse, limpiarse de todo pecado y empezar el trabajo como un hombre nuevo, y llevó a Cowley a un riachuelo cercano. Ambos se desnudaron, entraron juntos al agua y, con una delicadeza exquisita, Joseph juntó sus palmas para formar un cuenco, recoger el agua y dejarla caer con suavidad encima de la cabeza dorada de Oliver. Smith tomó entonces el rostro del profesor entre sus manos, como había hecho Moroni con él, y le dio un beso en los labios.

Uno de los chinos gruñó, otros parecían dormidos. La voz siguió, inmutable: dijo que Smith y Cowley tradujeron con tenacidad las placas de oro, convertidas así en *El libro de Mormón*. Ambos se reunieron con otro personaje llamado Peter Whitmer, le mostraron su trabajo, y en casa de Whitmer fundaron oficialmente la Iglesia de Jesucristo de los Santos de los Últimos Días. Sesenta personas fueron testigos de que se cumplían todos los requisitos legales del estado.

Si están interesados en conocer más de la historia del profeta Joseph Smith, decía la voz, acérquense a uno de nuestros mensajeros. La luz en el auditorio se encendió por tiempos, como al final de una película en el cine. Aparecieron entre nosotros, por puertas laterales hasta entonces ocultas, cuatro mujeres de pelo recogido, falda negra y blusa blanca. Una plaquita metálica a la altura del pecho dejaba ver sus nombres. Dos eran chinas. Hablaron con rapidez en mandarín y juntaron frente a ellas a un grupo numeroso. Otra, de cabello rubio, ensortijado e inacabable, me ofreció una mano para levantarme del suelo. Me dijo: tú hablas español, ¿no?, con un acento que no pertenecía a ningún país conocido. Me preguntó qué me había parecido la historia del profeta. Después me dijo: ¿Dónde está tu amigo?

Encontramos a Javier. La mujer nos sacó al balcón de lo que ahora entendíamos era el templo de los mormones en Salt Lake City, la capital de esa religión extraña, como todas, y nos preguntó si acaso podía cantarnos algo. Asentimos en silencio. Cerró los ojos y tomó aire y nosotros la escuchamos cantar. Pensé entonces que si el viaje hubiera sido sólo eso —y quizás lo fue— habría sido suficiente, porque de pronto las montañas nevadas y las fumarolas a distancia, el anciano de los tenedores y la complicidad efímera pero intensa que provoca todo recorrido se fundían en un himno privado que hizo que Javier, de pronto, se quebrara y empezara a llorar. Lo sostuve con un brazo, como si fuera un hombre repentinamente inválido, mientras lloraba como sólo había visto llorar a los niños. Entonces la mujer abrió los ojos, lentamente, y nos preguntó: ¿Alguien quiere un abrazo?

Pajarito

Hola primo, decía el remitente desconocido. Hacía años que Juan no veía a ningún familiar, y tenía la certeza de que jamás se había referido a otro ser humano como "primo", "tío" o "padrino", todas ellas formas extrañas e impersonales que remitían a las extorsiones telefónicas desde la cárcel. Con mucha tristeza te comento que falleció tu tío Anselmo, decía el correo. ¿Anselmo? Revisó de nuevo la dirección: petitblond_@yahoo.mx. Pensó que podía ser una broma de alguien en la oficina, parte de un programa de televisión, o un chiste para alguien del mismo nombre. En cualquier caso leyó hasta el final. El supuesto tío había muerto ahogado en Bahía de Kino; según su voluntad, le había dejado a su sobrino un lote de trescientos metros cuadrados en La Colorada. La prima redescubierta le preguntaba si no estaba interesado en vendérselo, y le dejaba su teléfono. A Juan le pareció que le hablaban no sólo de otra familia, sino de otro país. Bahía de Kino, Colorada. Él apenas y conocía la salida a Puebla, y sólo una vez, cuando tenía diecisiete, unos amigos de la prepa lo habían invitado a Yecapixtla. El resto de su vida había transcurrido en la colonia Postal, un sitio donde todavía era posible encontrar una fonda de tres tiempos por cuarenta pesos y una serie de papelerías diversas pero complementarias. Entendía que su trabajo en Super Office era antitético e incluso dañino para esos locales llenos de mapas viejos y escuadras de plástico que a él le fascinaban sin una razón profunda, pero pensaba que, en general, todos los trabajos eran nocivos, y ese había sido el que había encontrado primero, recién terminada la carrera. El único otro lugar del mundo que valía la pena para Juan era Ixtapa: un sitio al que nunca había ido pero que había aprendido a querer por una película vieja.

Un pianista en un cabaret de la Ciudad de México. Al inicio de la película el hombre interpreta las canciones con una pasión auténtica: aporrea las teclas, le sonríe al público, toca a las muchachas cuando le pasan junto. Ellas se ríen, le mandan besos. En una ocasión alguien del público grita: ¡Pinche Agustín Lara!, y todos en el cabaret se ríen y la música crece y parece que se extiende como suele extenderse la noche en el Distrito: de manera accidental pero serena. El pianista se llama Arturo y es, o parece, feliz en su trabajo. Cuando termina el espectáculo va a desayunar religiosamente a un café en República del Salvador donde lo conocen por su nombre y le rellenan la taza sin cobrarle extra. Camina después a su departamento, en una vecindad junto a la iglesia de San Cristóbal, y duerme hasta las cinco, o seis de la tarde, cuando ya oscurece. ¿Por qué no te consigues un trabajo digno?, le pregunta una tarde su hermana. No puedo, Chiquis, le contesta Arturo con una sonrisa, el sol hace daño a la salud.

Un día el pianista llega tarde al cabaret y mira cómo la gente formada afuera del lugar es asaltada por un par de malandros. El atraco ocurre como tantos otros en la ciudad: sin violencia, casi como una concesión voluntaria. Un hombre camina con una pistola en la mano que apunta discretamente a cada uno de los que hacen la fila, el otro recoge en una gorra el dinero y los relojes. Arturo se queda inmóvil frente a la escena. Qué pasó, mi Arthur, le pregunta uno de los malandros, al que el pianista reconoce como el tipo que sirve los tragos en la barra de La flor de Venecia. El otro es el novio de Rosa, una de las chicas que canta en la noche de boleros (los martes). Arturo los saluda con un gesto mínimo de la cabeza y se mete al local. No es que le sorprenda la violencia, mucho menos la injusticia (vive en México). Lo que de pronto le parece intolerable es que aquello ocurra diario —lo confirma Rosa— afuera del sitio que, al menos para él, suponía un refugio del mundo. Algo se quiebra a partir de entonces, y no entiende cómo ha sido tan inocente, o tan estúpido, como para pensar que el cabaret era otra cosa; una dimensión paralela y simple donde la música, la bebida y el sudor de los torsos se combinaban de manera feliz y tibia. Darse cuenta de que en realidad el bar no era sino otro frente del hampa, un pedazo de tripa oscuro y no el ombligo luminoso del centro histórico, le hace perder la fe en la ciudad de manera definitiva, y no puede pensar más que en una salvación inmediata, bucólica y con buen clima. Después de esa noche Arturo toma un taxi rumbo a la central de autobuses. Le pregunta al taxista —por preguntarle algo— de dónde es. De

Ixtapa, joven, responde el ruletero, y Arturo descubre por accidente su destino.

En la siguiente escena el pianista despierta con la cabeza pegada a la ventana del autobús. Amanece en la costa de Guerrero y él solo trae doscientos pesos y un metrónomo en el bolsillo. Está vestido de traje, pero la camisa está desfajada y el moño lleva horas tirado en el suelo del camión. En la estación una gallina camina por delante de él unos pasos antes de que encuentre el baño. Se moja la cara y sale de nuevo a la calle con la misma convicción que vio tantas veces entre los borrachos del cabaret. Pregunta entonces por una posada. Una señora de pelo corto y brazos nutridos le dice que está bueno el San Román, que ella puede llevarlo. Ambos se montan en una motocicleta antigua que se hunde con el peso sustancial de la mujer. En el trayecto la cámara mira de frente el rostro del pianista; un rostro lozano, libre, con los cabellos que se mecen hacia atrás por la brisa suave y la sonrisa iluminada por el sol, como si fuera el anuncio de alguna fragancia europea, o como si el pianista estuviera muerto.

El San Román no es otra cosa sino un conjunto de ladrillos, varillas de cobre y asbesto que, de un modo sorprendente, se sostiene. Se ofrece como un hostal a trescientos metros de la playa Pajarito. En una construcción aledaña viven dos niños que juegan a agarrar la tierra a puños —niños que cada vez que aparecen en escena están sentados sobre el suelo, metiendo las dos manos a las entrañas arenosas de Ixtapa, como si estuvieran a punto de encontrar oro o un tubérculo hasta entonces desconocido— y su madre, quien regenta el hostal a la espera improbable del regreso de alguien, un hombre que vive en algún lugar de América del Norte y le envía dinero junto con mensajes parcos, del tipo: Cumpleaños. Niños. Hola.

Arturo no parece decepcionado. Su mirada es compasiva e inocente, y piensa que el San Román es una especie de purgatorio, uno de esos lugares austeros donde la gente se recluye para dejar de beber o para escapar de la justicia. Las primeras semanas las pasa, podría decirse, feliz: se levanta sin prisa, desayuna, camina hacia el mar, mira a los pescadores (a veces ríe con ellos, a veces se ríen de él), mira a los turistas (pocos), bebe cerveza o un fermentado de piña, apunta cosas (que la cámara no registra) en una libreta pequeña, lee (el título: *Los colores del membrillo*), toma siestas, cena a cualquier hora, mira a los chiquillos comerse puñados de arena.

No hay más huéspedes en el San Román, y si la película hubiera terminado ahí quizá nadie la hubiera distribuido. Habría sido una cinta sin eco, porque nadie (o casi nadie) quiere ver la historia de una derrota: la anécdota de un hombre rendido y solo que renuncia a la vida, que viaja a Ixtapa —si somos claros— a morir. Lo que resulta memorable, lo que podría decirse que salva a la película, es la irrupción de Tony Blanco en el minuto setenta y nueve.

Es de noche. Los niños de la posada, como su madre, duermen. Todo está en calma en el hostal, a excepción de Arturo. Algo inquieta al héroe, que mira al techo con las manos detrás de la cabeza; una actitud cinematográfica típica del insomnio o de la melancolía, de algo que va mal pero no lo suficiente como para hacer algo al respecto.

Entonces escucha el trinar de un pájaro. Es un gorrión, dice en voz alta, pero quizá también sea un petirrojo. Uno intuye que no sabe nada de pájaros (nació en la colonia Guerrero), pero también reconoce la intención del músico: quiere volver a usar el oído. Arturo escucha un segundo pájaro, que parece establecer un diálogo con el primero. Más que hablar, cantan. Es una competencia fabulosa y sus ojos se llenan de luz; se viste con prisa y sale a buscarlos a ese terreno detrás del hostal que podría considerarse, con mucha generosidad, el patio. Ahí, donde suele desayunar a diario, sobre los tablones largos de madera que hacen las veces de banco, está sentado un hombre pulcro, de saco blanco, bigote y pelo engominado que habla con las aves.

Tú debes ser Arturo, le dice el hombre, y todo tiene la lógica de un sueño, porque Arturo no se extraña demasiado ante el saludo, y sólo dice sí, ese. Yo soy Tony, le contesta el hombre del bigote, y es todo lo que dice antes de silbar un rato más, mientras Arturo lo mira absorto. Ven, le dice señalando la banca. Arturo se sienta a su lado y mira unas hojas sueltas sobre la mesa (la mesa es idéntica a la banca; la madera hinchada, roída). Arturo toma las hojas y reconoce un pentagrama. Estos amiguitos son Bach y Schubert pero no se han enterado, dice Tony, y Arturo entiende que el hombre del bigote es, como él, un músico, pero un músico que está en Ixtapa y sí trabaja, un músico que no vino a morir sino a vivir, a escuchar los pájaros para transcribir su música. ¿Qué vas a hacer con esto?, le pregunta Arturo, que reconoce en las notas que el bigotudo ha pergeñado una serie de patrones novedosos. Los dedos le saltan de pronto y le vuelve la sangre a las yemas, como no había sucedido en mucho tiempo, en los siete meses que había pasado en esa playa de la cual ahora entiende el nombre pero también su destino, y Tony le dice: No sé, yo compongo, pero no ejecuto. Arturo le dice que él es un pianista y le pide —le ruega, más bien— que le permita llevarse estas partituras a México, tocarlas en vivo, ver los rostros de la gente cuando se escuchen los primeros movimientos. Son tuyas, hijo, le contesta Tony Blanco: al mundo lo que le sobran son pájaros.

Arturo regresa esa misma madrugada a la Ciudad de México. En la bolsa izquierda tiene diez pesos (los últimos) y en la derecha el metrónomo. En el pecho, escondidas debajo de la camisa, trae las partituras. No vuelve a La flor de Venecia, sino al Club Paraíso y pide trabajo, y como todo sigue siendo, digamos, un sueño, resulta que para esa noche justo hace falta un pianista, y Arturo promete a cambio algo nunca antes oído. Amo el arte, le dice Arturo al dueño del Paraíso en el momento climático de la película, completamente afiebrado y enérgico y lleno de una vitalidad contagiosa para cualquiera que vea los últimos quince minutos de la cinta. Lo amo como el guerrero ama el campo de batalla, ferozmente, sobre todo porque sabe que podría matarlo.

Se sienta frente al piano. Estira los brazos. La cámara alterna entre su rostro, tenso, sudado, como si siguiera en la playa, y los rostros expectantes y excitados de los parroquianos de este cabaret, que no quieren Bach ni Schubert, sino que ese flaco mugroso toque algo pronto. Suenan las primeras notas y al principio hay cierta duda: es una música que no han oído antes y, como suele suceder, no saben bien cómo bailarla. Hasta que un hombre de saco blanco, bigote y pelo engominado se sube a una de las mesas entre el público y grita, como un trueno: ¡HUH!, y ahí, dice la película (y Juan lo cree, lo cree apasionadamente) ocurre el nacimiento del mambo mexicano.

Juan veía en esa película un mensaje privado y feliz que quizá también era incorrecto. Pensaba que la historia de Arturo era una mezcla de relato vagamente cristiano y manual de autoayuda (de los cuales había leído dos: *Los huaraches de Tso-Ming* y *Tú eres el terremoto*, con resultados dispares), que de manera inevitable llevaba a conclusiones del estilo: el alma de México está en Ixtapa; o: todo mundo debería ir a Ixtapa; o, la más peligrosa: tengo que renunciar a mi trabajo y largarme a Ixtapa, que fue, por supuesto, la que eligió de manera terminante cuando descubrió que el terreno del mentado tío Anselmo estaba a unos veinte kilómetros de la playa Pajarito, y a mucho menos de la felicidad que había pospuesto durante años.

Respondió al correo de petitblond para decirle que sentía mucho el fallecimiento de su querido tío, pero que de ninguna manera iba a vender los terrenos que le correspondían. Ese mismo fin de semana habría de viajar a Ixtapa y empezar a hacer planes. Está bueno, primo, le contestó la mujer, nomás ten cuidado con las olas.

En una maleta que había sido de su abuela Juan metió algo de ropa, un cuaderno para dibujar y un disco de Los Tres Diamantes. Llegó a la terminal de Taxqueña, compró un pasaje (ejecutivo) y arrancó rumbo al sur a las seis de la tarde de un viernes de mayo.

Para Juan, el futuro, aun el inmediato, tenía un rostro luminoso. Agradeció que su asiento en el autobús fuera en la parte de abajo, donde uno podía reclinar un poco más el respaldo y tener luz propia. Le pidió al chofer, en un gesto atrevido y atípico en él, si podía poner su disco de Los Tres Diamantes. El chofer aceptó, y durante el viaje a Ixtapa Juan alternó entre los vistazos melancólicos que dirigía a los paisajes arrabaleros de la ciudad y los bosques de coníferas en Morelos, y el tarareo discreto y feliz de *Arroyito*, *Asómate a mi alma*, *Mi corazón abrió la puerta* y *Aburrido me voy*, y entonces se preguntó, más de una vez, cuál era la necesidad de vivir la vida, si ya había sido vivida completa en los boleros.

La terminal de Ixtapa le pareció familiar; increíblemente, también las personas. Se acercó a una mujer que vendía jugos y le preguntó dónde quedaba la playa Pajarito. La señora señaló a su derecha y para Juan fue suficiente. Caminó durante quince minutos por un sendero de tierra donde a veces lo rebasaba alguna bicicleta. No había brisa, ni sombra, sino un calor plomizo y violento que le hizo pensar que atravesaba un desierto. Lo primero que cedió fue la nariz, que empezó a sangrar de manera copiosa y tiñó de rojo su única guayabera, que había guardado en una bolsa de plástico durante años. Lo siguiente fue la cabeza, que bajo el yugo del sol meridiano se entregaba a asociaciones cada vez más desproporcionadas (un pianista que devora un ruiseñor; una papelería que vende entrañas de cordero). Un dolor pulsante en las sienes le hacía pensar en olas estrelladas sin cesar contra un malecón. Empezó a perder el equilibrio. En la pantalla de su teléfono aparecía un aviso de sobrecalentamiento; no prendía, no se apagaba, no podía buscar un mapa o pedir ayuda (¿a quién?). Estaba hundido, como si el sol lo apretara con un pulgar gigante contra la tierra. Entre la confusión y el agotamiento logró entrever una construcción sencilla de concreto que parecía inacabada. Había varillas de cobre que apuntaban hacia el cielo desde las cuatro esquinas de ese cubo extraño y un mural rojiblanco que decía ECATE. Un perro arenoso hacía las veces de guardia frente a la única puerta de la construcción. Estaba sentado con una calma admirable, como si nada pudiera sorprenderlo. Eran quizá las dos o tres de la tarde, pero las lámparas de neón que enmarcaban la entrada estaban encendidas. Una era verde, la otra roja, la puerta era negra. Juan la empujó con un esfuerzo homérico. Al interior había cuatro mesas con cuatro sillas cada una. En dos mesas había hombres de sombrero que jugaban dominó en silencio. La rocola justo había dejado de sonar (Ana Gabriel) cuando Juan abrió la puerta. Nadie volteó a verlo. En otra mesa un hombre le entregaba a otro un folder manila desbordado y viejo. Juan se desplomó en la única mesa libre.

Volvió a sonar la música (Los Ángeles Negros), pero Juan la escuchaba lejos, como si estuviera debajo del agua.

Se acerca una mujer muy joven, vestida con un delantal impoluto que contrasta con la guayabera llena de sangre, mocos y tierra. Tú debes ser Juan, le dice, y éste apenas tiene fuerzas para asentir. La pregunta no le sorprende, le alivia. Agua, dice Juan, y la mujer gira y entonces Juan descubre que el delantal es lo único que lleva puesto, que la mujer (¿la niña?) camina en tacones sonoros por el bar, o la casa, o el cabildo, donde estuviera, pero que ningún hombre la mira. Juan cierra los ojos un momento y cuando los abre está ahí el agua. Frente a él tiene ahora a un tipo con el rostro hundido entre las manos, una chaqueta de cuero grueso y un sombrero de fieltro lleno de polvo. El tipo está inmóvil, como una estatua de cera, como un robot sin batería, como una cosa. La música suena tan baja que Juan escucha cómo el tipo respira entre las manos, y de pronto adivina que podría estar llorando, aunque también es probable que estuviera riendo. Entonces, desde la mesa de junto, el hombre de los documentos le lanza un gargajo, sonoro y directo, a los pies. Un minuto más tarde uno de los hombres del dominó hace lo mismo. El suelo es de tierra y los gargajos son como moluscos efímeros, se contraen antes de ser devorados por el polvo. Juan voltea hacia aquella mesa como si quisiera (como si pudiera) lanzar una advertencia. Cinco minutos después otro jugador de dominó vuelve a escupir, y esta vez Juan siente el gargajo en la nuca. Voltea de nuevo hacia la mesa del fondo y antes de que diga nada, uno de los jugadores, un tipo con una cicatriz rosada en el rabillo del ojo, le dice: no sea puto. Entonces un pájaro negro, pequeño y nervioso, entra por la puerta del bar y se pierde en ese lugar umbrío con olor a fritura y meados, y trata desesperadamente de volar hacia arriba. El esfuerzo es inútil, el aleteo es cada vez más frenético y la música se detiene de nuevo; ya sólo se escucha el toc toc del pico del pájaro (un mirlo, o quizá un estornino) que trata de hacer un agujero en el techo, y Juan se levanta de golpe, cae la silla, y los jugadores de dominó se levantan también como si la tierra les quemara las plantas, y uno de ellos dice vamos afuera, mijo, y Juan busca a la mesera pero no ve a nadie, sólo escucha el toc, toc y piensa que puede darse el lujo de la valentía porque son sus vacaciones, sus primeras vacaciones en tantos años, y piensa también en el rostro amoratado e hinchado de ese hombre ahogado en el océano Pacífico, su tío Anselmo, al que no conoce pero por el que siente, de inmediato, una piedad absoluta; piensa en la existencia improbable de Ixtapa, Guerrero, México, mientras el tipo de la cicatriz le abre la puerta y el perro, por primera vez en años, se hace a un lado. Pero antes de que todo suceda, antes del sol, la sangre y el revólver, Juan mira por última vez hacia su mesa y ve, con claridad, que el tipo del sombrero de fieltro estaba riendo.

Ida y vuelta

Una mexicana, un chileno y un mexicano se suben a un coche. El mexicano maneja, el chileno es copiloto, la mexicana duerme en el asiento de atrás. Son las siete de la mañana y ya cruzaron el primer puente, salieron de San Francisco y ahora van rumbo a Los Ángeles. La carretera sin peaje es de dos carriles. A ambos lados del camino hay árboles que quizá sean pinos, o abetos, o cipreses, pero ninguno de los tres lo sabe. Para cuando lleguen a Los Ángeles tampoco lo sabrán; menos cuando regresen esa misma noche a San Francisco, y menos aún en cinco años, cuando el chileno viva en Chile, la mexicana siga en California y el mexicano camine por un pueblo de Guanajuato donde hay incontables palomas pero ningún árbol.

El chileno se llama Diego, la mexicana Lucía, el mexicano Pablo. Los tres tienen más de treinta y menos de treinta y ocho. El mexicano maneja porque el chileno no sabe y porque la mexicana no quiere. ¿A qué dirección vamos?, pregunta Pablo cuando se suben, y ninguno de los dos le contesta. Tú di Los Ángeles, le dice Lucía. Eso, Los Ángeles, dice Diego, y entonces el coche arranca.

La primera parada es una estación que al mismo tiempo es gasolinera, tienda de recuerdos y restaurante de autoservicio las veinticuatro horas. Son las ocho de la mañana. Para desayunar sólo hay papas a la francesa, bolitas de papa fritas, donas, café, y hamburguesas con un huevo estrellado encima. Los hombres se sientan en una mesa a comer y mirar un mapa. La mujer desaparece y vuelve con un plátano, que no se vendía en la parte de la comida, sino junto a la caja registradora de los suvenires. Hay que tomar la diecisiete, dice Pablo. Lucía les cuenta que es intolerante al gluten. La hora que ha pasado dormida en el asiento de atrás le ha dado una vitalidad que, contrastada con el ánimo de los otros dos, parece excesiva. Esa primera hora de viaje había transcurrido en silencio, a excepción del momento en que Diego dijo: ¿Saben por qué se les conoce como cinta negra a los maestros del karate?, y Pablo respondió que no y el chileno dijo bueno, luego les cuento.

Ahora van hacia el sur y parece que Lucía no tiene el cinturón puesto, o que por alguna razón le incomoda. Está sentada atrás, en el asiento de en medio, el que por lo general no elige nadie. Pablo cree que es el más peligroso de todos, el único que asegura la muerte —una muerte violenta y espectacular, la masa encefálica estrellada como una goma lábil contra el pavimento— en caso de un choque. Él cree que habla desde la experiencia: ha chocado.

La primera vez —la única que cuenta como choque, en realidad— tenía diecisiete años. Manejaba por un rumbo desconocido (para él). Un amigo le daba instrucciones distraídas desde el asiento que ahora ocupa Diego. Iban rumbo a una competencia de atletismo que valía como justificante para faltar a clases. El amigo le dijo: aquí a la derecha. Pablo obedeció y se encontró con una avenida peligrosa: de un lado venían coches sin semáforo de por medio, después había un camellón, y del otro lado venían coches en sentido contrario —sin semáforo tampoco—. Pablo aceleró y pasó con éxito la primera sección de la avenida, y cuando quiso duplicar su suerte —algo que desde entonces le parece imposible— aceleró todavía más y se estrelló contra uno de esos coches viejos, despintados y llenos de rabia que pueden encontrarse en cada avenida de la Ciudad de México. Ambos vehículos quedaron inmóviles durante cinco segundos, separados como los pedazos de vidrio cuando se rompe un vaso. Luego el copiloto dijo: ¡Acelera, güey!, y Pablo obedeció y el coche despintado los persiguió durante quince minutos por la Avenida de las Torres. Chocaron con un poste de luz, estuvieron cerca de atropellar a una señora y, por alguna razón incomprensible, subieron el volumen del estéreo al máximo. Hasta que se rindieron, se hicieron a un lado y pusieron las intermitentes. El coche viejo les dio alcance y de él bajaron cuatro hombres —que quizá eran pintores, o albañiles, o trabajadores de alguna fábrica— y empezaron a patear el coche de Pablo. Estrellaban el codo contra el vidrio y le decían bájate, bájate hijo de tu puta madre. No te bajes, sugirió el copiloto, y Pablo ya no quería hacerle caso —no volvería a hacerle caso nunca—, y abrió la puerta. Los pintores —a la fecha Pablo cree que eso eran, porque recuerda los jeans gastados y con manchas blancas a la altura de la rodilla— bajaron a Pablo del coche a la fuerza, lo cosieron a patadas, le dejaron la huella de una bota en el rostro. Era un lunes en la mañana. Quizá los pintores tenían que ir a trabajar, porque en algún punto se subieron al coche viejo y desaparecieron entre los cláxones y el polvo.

Lucía se inclinó hacia delante y puso una mano en cada asiento del frente, como si el viaje no fuera a durar seis horas; como si estuvieran a punto de llegar o ella tuviera que dar indicaciones en cualquier momento. ¿Quién trae música?, preguntó. Eso, música, dijo Diego, y Pablo dijo que traía un iPod, que si alguien le hacía el favor de conectarlo. Un iPod, dijo Lucía de una manera que bien podría haberse confundido con una burla. En la carretera nunca hay señal, dijo Pablo.

Cuéntenme de sus vidas, muchachos, dijo Lucía, que en realidad ya sabía bastante de la vida de cada uno. Pero hace meses que no se veían. Quizá por eso ninguno respondió de inmediato. Primero Pablo dijo: ha sido una temporada de mierda, y Diego dijo bueno, tampoco es para tanto, y Lucía, que intuyó por dónde iba la cosa, preguntó por qué no les gustaba vivir en San Francisco. Pablo dijo que todo era caro y Diego dijo que en realidad lo malo era la comida, aunque también, a veces, la gente que servía la comida.

—A mí me encanta San Francisco—dijo Lucía.

—Ya sabemos—dijo Pablo.

—Si ahí nos conocimos todos— dijo Diego—.

La carretera era idéntica y no había dramatismo en el paisaje. Variaban de pronto los coches: a veces eran camionetas grandes y otras autos eléctricos pequeños, pero casi siempre sólo iba una persona dentro. Había tramos con más tráfico. El iPod tocaba música en modo aleatorio pero cada vez que salía una canción de *The Doors* Lucía cambiaba a la siguiente.

No hicieron ninguna otra pausa. Tenían que llegar a las once y cuando dieron las once todavía estaban en la carretera.

Un día, poco después de conocerse en una fiesta, Pablo le escribió a Lucía para decirle que una revista de comida le acababa de dar un premio nacional a la taquería de unos michoacanos en Bernal Heights. Estaría bueno, decía el mensaje, si algún día vamos a probarlos. No sabía que eras de los nostálgicos, le contestó ella. Para nada, escribió él, es por hacerle honor al galardón, y de inmediato se sintió estúpido por utilizar la palabra *galardón*. Lucía tardó media hora, pero contestó con risas y le propuso que fueran ese mismo día. Pablo pasó por ella en bicicleta. Pedalearon juntos. El sol se ponía en el sur de San Francisco. Lucía tenía una canasta en la bicicleta y una campanita que tocaba cada vez que cruzaban una calle, aunque no hubiera nadie alrededor, y Pablo pensó que quizá había visto una o dos mujeres más hermosas en toda su vida, pero definitivamente no muchas más, y Lucía volteaba y veía a un hombre cuya bicicleta le quedaba demasiado pequeña, un hombre atractivo y despreocupado que quizá había usado la misma camisa a cuadros durante cinco o seis años, y se dijo que la soltería estaba sobrevaluada y que no sería mala idea ver si esto podía ser otra cosa, a saber qué, exactamente, y cuando llegaron a la taquería un hombre gordo de bigote y gorra de los

Gigantes gritó: ¡una mesa para los novios!, y ambos se voltearon a ver y rieron juntos.

—Me suena falso—dijo Diego a la altura de Lost Hills.

—Cómo va a ser falso, animal, te estoy diciendo—dijo Lucía.

—Pero, ¿cómo sabes? O sea, más allá de la experiencia—preguntó Pablo.

—Pero si es *pura* experiencia. A ver: me ha pasado con amigas, con familia, con morras que ni conozco.

—¿Por la luna? —preguntó Diego.

—O sea, sí, güey, la luna tiene que ver, pero no es sólo eso —dijo Lucía.

—Una amiga me dijo que cuando hay luna llena ella no puede dormir—dijo Pablo.

—No puede ser.

—Te lo juro. Dice que es algo que ya tiene interiorizado. Que se sale con una copa de vino al balcón.

—Puta madre—concluyó Diego.

—Bueno, güeyes, pero lo que yo les estoy diciendo es distinto—dijo Lucía.

—Pero, ¿cómo chingados se van a sincronizar? O sea, explícamelo con ciencia. ¿Cómo se comunican las pinches matrices? ¿Por fuera del cuerpo? ¿Por esporas? De verdad me parece un poco medieval todo esto.

—Eso, medieval—dijo Diego.

—Pues pasa—dijo Lucía.

A las once y media quitaron el iPod —antes de que terminara *Free Bird*— y pusieron la radio. Se escuchaban las palabras de una mujer, las palabras y su eco, como si el evento al que se dirigían fuera verdaderamente lejos y ellos no estuvieran por llegar a la ciudad. Yo tenía siete años, decía la voz. Mi hermano. Los mexicanos no. El discurso se cortaba y ellos, ya en el centro de Los Ángeles, no sabían si uno podía estacionarse en esas calles. Aquí te llevan a la cárcel por mucho menos, dijo Pablo. Pasaron frente a un hospital y Lucía le pidió detenerse un momento, para preguntar en la recepción si ahí podían dejar el coche. No se puede, reportó, pero si quieren pueden pasar al baño.

Encontraron un estacionamiento en la terminal de autobuses. Imaginaron que saldría caro recogerlo más tarde. Caminaron veinte minutos, siguiendo a la gente que llevaba cartulinas. Llegaron hasta un punto donde se habían colocado pantallas pero no se escuchaba lo que se decía en el escenario. Vieron en las pantallas a una mujer que se arrodillaba frente a alguien. Vieron a un hombre que ondeaba una bandera mexicana enorme. Vieron a una mujer que pasaba un hatajo de hierbas por el rostro de otra persona. Todos alrededor estaban en silencio, como si creyeran que, de concentrarse lo suficiente, escucharían algo.

Cuando Lucía tenía doce años sus padres la llevaron a una manifestación en el Zócalo de la Ciudad de México. Era una marcha en contra del maíz transgénico, un problema que parecía importante entonces y que aún lo parece si se expone con suficiente elocuencia frente al auditorio correcto. Lucía recuerda el sol que le quemaba los brazos, recuerda a unos hombres con machete y recuerda también que había que permanecer dentro de un carril delimitado por un mecate, sostenido por unas personas a los lados. Avanzaron durante un tiempo que a Lucía le pareció eterno. Cuando por fin llegaron a la plancha de concreto se cantó el himno nacional, se corearon algunos vivas y su padre le dijo que ahí estaba el poder del pueblo. Lucía volteó alrededor y vio hombres cansados y muy pocas mujeres y muy pocos niños. Tenía hambre y sed pero le pareció que era un mal momento para exponer esas preocupaciones. Guardó silencio mientras su padre levantaba el puño al aire y su madre movía los labios, como si repitiera las consignas que coreaba el resto, aunque, según Lucía, su voz no se escuchó nunca.

Por esos mismos años Diego acompañó a un tío a la Alameda de Santiago a una protesta en contra de la dictadura o a favor de la democracia, según a quién se le pregunte. El tío no era hermano de ninguno de sus padres, y de hecho, aunque de esto Diego cayó en cuenta mucho después, no parecía haber ninguna liga familiar entre ellos. Su madre le decía: mañana viene a verte el tío Ramón, y Diego se alegraba como si fuera una visita diplomática importante o se adelantara la navidad. Su padre se había marchado cuando él tenía cuatro años. El tío Ramón, decía su madre, siempre había estado ahí para apoyarlos, para cuidar de ellos dos en este mundo ajeno e injusto. El tío trabajaba en el sur. Talaba árboles de día y en la noche vigilaba que otros no los talaran. Llegaba siempre con regalos para Diego, cosas como un tractor miniatura hecho de plástico, o un balón de futbol con el escudo de Colo Colo. ¿Y a mí no me trajiste nada?, preguntaba siempre la mamá. El tío Ramón sonreía y le decía a Diego que se metiera a su cuarto a jugar.

Un día el tío le preguntó si quería acompañarlo a la Alameda y Diego dijo que sí. La avenida estaba llena de gente y banderas chilenas. Se repartían hojas mal cortadas, impresas con tinta que manchaba los dedos, que decían cosas como *el 86 es nuestro*, o *derecho a huelga democracia alegría*. Una señora se acercó al tío Ramón y le dio un abrazo y un beso en la boca y se agachó para hablar con Diego y le dijo: ¿Tú no querís un mundo mejor?

La caminata fue larga pero el tío Ramón estaba contento. A la mitad se detuvieron para comprar sopaipillas, y no había nada en el mundo que le gustara más a Diego que las sopaipillas, por lo cual podía decirse que ese iba camino a ser un excelente día, un día inolvidable, una especie de refugio al que podría acudir siempre, sin importar cuánto tiempo hubiera pasado o dónde estuviera, y, de hecho, así había ocurrido: cuando lo dejó la Javiera, cuando Pinilla mandó ese tiro de mierda al palo, cuando llegó a San Francisco y no tenía más que trescientos cuarenta dólares, en total, para hacerse una vida; en todos esos momentos donde otro habría agachado definitivamente la cabeza —pensaba Diego— él tenía el consuelo de la tarde luminosa en que su tío y él habían hecho historia para Chile. No es un gran país, dijo el tío Ramón en algún punto de esa tarde, pero es el nuestro.

Lucía le había escrito a Pablo apenas unos días antes, después de cinco meses de silencio, para preguntarle si quería acompañarla el sábado a Los Ángeles, si acaso no tenía problema con manejar seis horas de ida y seis horas de vuelta el mismo día. Pablo no sabía cuál era el propósito y no preguntó. Diego le llegó con la misma propuesta unas horas más tarde, como si no se hubieran puesto de acuerdo. Se despertó temprano, recogió a ambos, manejó durante dos horas y sólo entonces preguntó: ¿Por qué Los Ángeles? Por la marcha, contestó Lucía. ¿Cuál marcha?, preguntó Pablo. Estas son las cosas que no entiendo, dijo Lucía con cierta molestia. ¿En qué planeta vives? ¿Qué haces en un día normal? ¿Con quién hablas? ¿Cómo no te enteras de estas cosas? Estoy ocupado, contestó Pablo. Yo también, dijo Lucía, pero eso no es excusa. Es una marcha contra la injusticia, dijo Diego. Ah, dijo Pablo, una buena causa. Eso, contestó Diego, una causa.

En el escenario todavía podía verse al hombre que ondeaba la bandera mexicana. Volvió de pronto el sonido desde los amplificadores, desfasado, y escucharon a una mujer hablar de un tal Rodolfo, asesinado recientemente en un barrio del este de la ciudad. La mujer contaba la historia como si repasara la tabla periódica frente a un grupo de alumnos. Diego preguntó cuánta gente habría convocado la marcha. Lucía giró el cuello a un lado y otro y en menos de treinta segundos concluyó que había como cuarenta mil personas. Pablo estuvo en silencio durante dos minutos, no volteó a ningún lado, y al final dijo que era imposible saberlo. Después de la historia de Rodolfo escucharon una historia de terror y luego otra y luego otra, y Lucía dijo, en algún punto: voy a hablar con la gente, y desapareció entre los cuerpos, y Diego dijo voy a buscar agua. Pablo no se movió. Se quedó ahí, de pie, cincuenta minutos más, hasta que le aplaudieron al último orador y la gente empezó a caminar en sentido contrario. No se atrevía a moverse porque estaba convencido de que, si lo hacía, iba a perder a Lucía y a Diego para siempre, y aunque la idea de perder al chileno no le conmovía ni le preocupaba demasiado, la idea de perder a Lucía —otra vez— le parecía insoportable.

Apareció primero Diego. Entre manos traía una botella de agua que le extendió a Pablo sin decir palabra. Estuvieron en silencio diez, quince minutos. Luego llegó Lucía, como atraída por un imán invisible, y lo primero que dijo fue no sé ustedes, pero yo me estoy muriendo de hambre. Caminaron por un bulevar sin saber muy bien a dónde meterse. Todos los restaurantes que veían parecían caros o estaban llenos de manifestantes que también tenían hambre y recargaban sus letreros contra las mesas. Llegaron sin proponérselo a algo que parecía un barrio chino. Diego apuntó que, si uno seguía una lógica elemental, esos restaurantes que veían ahora, en los sótanos de los edificios, tenían que ser más baratos que la comida ofrecida a nivel de calle.

Entraron a uno. Nada más cruzar la puerta un hombre delgado les gritó con mucha energía y poca claridad. No es inglés, dijo Diego, mientras el hombre gritaba y, al mismo tiempo, apuntaba a una mesa disponible. Se sentaron. El hombre seguía hablándoles desesperadamente mientras les servía agua de una jarra de plástico llena de hielos. Lucía no dijo nada. Diego dijo que de verdad no era inglés el idioma en que ese hombre quería expresarse, y Pablo miró alrededor, vio que el restaurante estaba más bien vacío, y concluyó que los gritos quizá se debían a que ya había pasado la hora de la comida. El mesero aventó los menús a la mesa y apuntó con un dedo furioso a una oración en particular, que decía que después de las seis de la tarde no podían servir más que arroz y huevo. Está bien, dijo Lucía, tráiganos eso.

Comieron en silencio. Pablo pensó que habían hablado demasiado durante la carretera, que después, durante la protesta, habían hablado demasiado los otros, aunque él no había entendido nada, y que ahora, en ese restaurante cavernoso de comida china, también un hombre había gastado de manera inútil todas sus palabras. Tanto para nada, pensó, mientras Diego pensaba que China había tenido un éxito notable en dos industrias más o menos clave de la vida cotidiana, como lo eran la comida y la telefonía celular, y Lucía pensaba que quizá no había sido tan buena idea venir a Los Ángeles, que la idea de intentar una amistad con Pablo era, en este punto, algo que no recomendaría nadie.

Cuando recogieron el coche del estacionamiento se alegraron porque sólo tuvieron que pagar diez dólares. Antes de salir de la ciudad se detuvieron en una gasolinera. Pablo se bajó para pagar y antes de darle el cambio el tipo de la caja le preguntó si era mexicano. ¿Por qué pregunta?, contestó Pablo. Quiero que sepas que los apoyo, dijo el cajero, un hombre negro de piel curtida y gorra de béisbol de los Tigres de Detroit. Gracias, dijo Pablo, sin saber muy bien por qué, y regresó al coche donde Lucía ya había puesto el radio a un volumen que ninguno de los tres tuvo ganas de cambiar durante casi cuatro horas.

A la altura de Raisin City Diego dijo que la cinta negra del karate era un invento occidental; que en realidad el cinturón es siempre blanco y sólo el tiempo, lo único capaz de otorgarle al hombre la experiencia en la vida, pero también en el combate, tiñe esa tela, que no se lava nunca y por ende se oscurece. Porque en Japón, concluyó Diego, debajo de todo está siempre el blanco. Siempre es como si acabáramos de empezarlo todo.

Los cerros corrían a ambos lados de la carretera.

—Perdón— dijo Lucía de pronto.

—¿De qué? — preguntó Pablo, sin dejar de mirar hacia adelante.

—Por traerlos a esto.

—Yo la pasé muy bien— dijo Diego.

—Pues no sé, Pablo. Por todo. Porque no salieron las cosas.

—Según quién.

—Eso— dijo Diego—, ¿según quién?

—No nos vamos a poner a hablar de esto ahorita— dijo Pablo.

—¿Y nos vamos a chingar entonces dos horas más así? — preguntó Lucía.

Diego ofreció entonces cambiarse de lugar y de manera torpe, mientras el coche corría a cien kilómetros por hora, él pasó atrás y ella adelante, y adelante hablaban mientras Diego miraba por la ventana y veía, de vez en cuando, anuncios de programas de televisión y banderas de Estados Unidos. También vio dos prisiones y el letrero de un sitio que se llamaba Wood Ranch y se preguntó cómo era posible que hubiera un rancho de madera, un sinsentido, mientras en la parte mexicana del coche se decían cosas importantes que no se habían dicho nunca, cosas que sólo podían decirse a cien kilómetros por hora y en esa oscuridad casi completa, a excepción de los momentos en que un autobús venía de frente, del otro lado de la carretera, y alumbraba el rostro de Lucía, mientras Pablo levantaba la mano derecha para saludar a los conductores, un gesto que los había visto hacer a ellos repetidamente a lo largo de los años y que no fallaba nunca, porque todos le devolvían el saludo con entusiasmo, aunque por primera vez, en esa carretera en California, Pablo pensó que aquello no era un saludo sino una despedida, y supo que estaba bien que fuera así. Diego preguntó si alguien tenía ganas de parar por una malteada antes de llegar. Como en las películas, dijo. A Lucía le pareció una idea excelente, y a la altura de Modesto encontraron un merendero abierto veinticuatro horas. Les sirvieron café y papas fritas y malteadas de vainilla y chocolate y Lucía le pidió a la mesera si podía tomarles una foto. La mesera lo hizo con un entusiasmo insólito, dado que era de madrugada y el final de su turno, y después de regresarle el teléfono a Lucía les dijo a todos y a ninguno al mismo tiempo: Yo siempre digo que hay que tener recuerdos.

El fuego y las cenizas

Jim Clover tenía cincuenta y cuatro años cuando su esposa le regaló una novela en navidad. Él no leía mucho y ella tampoco, pero la fecha se le había venido encima y, desesperada, había entrado al único local abierto hasta las diez de la noche el 23 de diciembre en Wilmington, Pensilvania. La librería se llamaba *Los estantes abiertos* y era atendida por el señor McGill, un viejo que bebía té negro y escuchaba todo el día música turca, rodeado de pilas de libros usados. Aquello bastaba para ser considerado el personaje más excéntrico de Wilmington, un lugar donde solo vivían cinco mil personas y cuyo mayor orgullo descansaba detrás de una vitrina en el museo local: un pedazo de la canoa con la que Washington había cruzado el impetuoso Delaware.

—Señor McGill— dijo esa noche por saludo Janet Clover —, tengo prisa. Recomiéndeme cualquier cosa que pueda gustarle a un hombre.

McGill entendía cada vez menos cuál era su lugar en el mundo. La mayoría de la gente llegaba a la librería con un título premeditado en la boca, o peor aún, con la imagen de una portada en el teléfono, que sacudían frente a él como si estuviera ciego. La única ayuda que le pedían, de manera esporádica, era para encontrar algún libro dentro del orden indescifrable que imperaba en el local. Quienes pedían recomendaciones, como la señora Clover, no estaban interesados, no realmente, en una conversación que condujera, lenta y serena, hasta el libro correcto, sino en sacarse de encima un pendiente para el cual, estaba demostrado, no tenían mucho tiempo.

Le vendió una novela que consideraba espléndida. *Heart and Stone* (1952) trataba, según el viejo, del poderoso imperio azteca y su trágica destrucción a manos de los españoles. La señora Clover pagó sin estar muy convencida. Le deseó feliz navidad y McGill volvió a su libro sobre la invasión otomana de Viena.

La noche siguiente, tras ojear la portada, Jim Clover agradeció tibiamente a su mujer. No lo dijo, pero le parecía increíble cómo la vida se encargaba de decepcionarlo con una sutileza constante. Ni siquiera en navidad, pensó, consigo un respiro. El año completo le había resultado prescindible. Su trabajo, que si bien nunca le había gustado demasiado le otorgaba satisfacciones pequeñas y cotidianas (un lugar de estacionamiento fijo, una taza de café a las once, una charla sobre béisbol en el elevador con Chad Rosen), ahora se le figuraba vacío y mediocre. Sabía que ese cambio más bien drástico de perspectiva se debía a que Suzy había terminado la universidad en la primavera y, sin preguntar ni pedir permiso, se había ido a vivir a Los Ángeles con un hombre. Pero la mudanza no era la razón de su amargura; le dolió entender de súbito que ella ya no lo necesitaba. No había matrícula que pagar; tampoco libros, gasolina, renta. Jim había trabajado en el mismo sitio durante tantos años porque tenía una familia y tenía que mantenerla, y su ilusión más grande había sido, desde siempre, poder enviar a Suzy a la Universidad de Pensilvania, donde él mismo, y su padre antes que él, habían estudiado. Una vez hecho el último pago a la tesorería de Penn no sintió el alivio que había anticipado durante tanto tiempo, sino una suerte de nostalgia del esfuerzo, una temprana vergüenza al reconocer que no existía nada más a lo que quisiera dedicar su dinero. Le pareció una muestra de su irrelevancia. Janet sí tenía sus cosas. Estaban sus amigas, el club de canto, el de bordado, su trabajo en la oficina del alcalde. Su mujer tampoco lo necesitaba. Jim pensó que ahora, con esos dólares extra, podían viajar, ir algún día a algún lado. Cuando una noche se lo planteó a Janet, después de cenar, ella le respondió como se responde a un niño ingenuo, con ternura y severidad.

—Yo estoy muy bien aquí.

Jim pensó en otros usos para su dinero. Consideró comprarse una motocicleta, renovar la sala de televisión, conquistar a una mujer. Todas le parecieron opciones vulgares y agotadoras. No tenía ningún interés en morir en la carretera, arrollado por un tráiler, como tampoco quería, a estas alturas de la vida, ir al gimnasio, cuidar su figura, arreglarse para salir a escondidas un sábado en la noche. La sola idea de conocer a alguien —preguntar por un color favorito, escuchar los traumas infantiles— le parecía fatigosa. Quería tomar una decisión, un rumbo nuevo antes de que terminara el año. Quería sentirse distinto, contar con un propósito que lo ayudara también a mantener cierta independencia frente a Janet —la misma que ella había cultivado para sí todos estos años—, para no arrastrarla a la espiral de cursilería y patetismo que acompañaba, según él, a todas estas crisis de los cincuenta y tantos.

No supo, al verlo, que *Heart and Stone* era ese camino. Empezó a leer la mañana de navidad por pura angustia, por quitarse de la mente la preocupación por el futuro inmediato. Se saltó la introducción y la nota biográfica del autor y empezó por la primera línea. *When they fell, they did so gracefully and without sorrow.* Sólo ahí Jim volvió a la portada y vio esa especie de sombrero emplumado y la pirámide y entendió, vagamente, que la novela que le había regalado su mujer tenía que ver con esa civilización extraña a la que sólo conocía de nombre: los aztecas. Antes de leer *Heart and Stone* Jim sospechaba tres cosas: que así se llamaban los antiguos mexicanos, que un tal Cortés había liderado la conquista europea sobre su territorio, y que gustaban, sobre cualquier otra actividad en la tierra, de los sacrificios sangrientos. La novela tenía seiscientas veintisiete páginas según comprobó Jim al abrir el libro por el final y leer, involuntariamente, la última línea. *And so their world was lost forever.*

Nunca había mostrado un interés excesivo en la historia, tampoco en las novelas. Menos aún en las novelas largas, de temas ajenos. De ahí la decepción inicial con el regalo, que se transformó, con el correr ligero de las páginas, en un profundo agradecimiento. Jim Clover pasó todo el día de navidad leyendo la historia fabulosa de una civilización de guerreros y poetas que había construido una ciudad encima de un lago gigantesco y que después había sucumbido a fuego, hierro y sangre ante la furia destructora del tal Cortés y sus secuaces.

La novela no era sutil. Presentaba la historia del encuentro entre aztecas y españoles en términos bíblicos: un edén natural, rico en cultura y tesoros materiales, poblado de almas nobles y virtuosas, de pronto subvertido por la ambición desmedida y ruin del hombre blanco, al que cada vez que Dios ha puesto a prueba a lo largo de los siglos, falla de manera estrepitosa. Pero el mensaje resonó profundo en Jim Clover, que nunca se había pensado como otra cosa que no fuera un hombre blanco, que nunca había dedicado más de dos minutos de su vida a considerar la historia de los aztecas y que ahora, cuatro días después de sumergirse en un frenesí lector que lo sorprendió tanto como a Janet, esa historia le parecía el relato más triste del mundo, una pérdida cultural gigantesca y el momento mismo en que, para efectos prácticos, se había torcido la Tierra hasta adoptar su forma actual, vacía y violenta.

En esa semana entre la navidad y el año nuevo Jim leyó la novela dos veces. La primera fue arrastrado por la fuerza de la novedad, el giro inesperado de los acontecimientos, la trama que sigue la ruta de Cortés desde el Golfo de México hasta el centro de Tenochtitlán. La segunda fue como revisitar una novela policiaca cuando ya se conoce al asesino: el placer consistía en identificar las pistas que anunciaban al ocaso ineludible de los aztecas, invisibles para ellos mismos, pero no para el lector avezado. ¿Cómo había podido vivir más de medio siglo en la completa ignorancia sobre la historia clave del mundo? ¿Cómo había desperdiciado tantos años, erráticos y confundidos, prestando atención a los juegos de los *Phillies* en primavera e ignorando los detalles de un proceso de tal tamaño que poseía, al mismo tiempo, una trama mil veces más rica que la de cualquier serie de televisión o película que hubiera visto? Aunque quizá el efecto más profundo de *Heart and Stone* sobre Jim fue desplazar su tristeza personal y pequeña, y convertirla en una especie de lamento profundo por una civilización completa. La fuente de la amargura ya no era su vida anónima, sino la desaparición de un tesoro cultural y una manera de ver el mundo que no podía, jamás, regresar.

Pero ¿no podía?, se preguntó Jim. ¿No era, más bien, que millones vivían —como él hasta hace poco— en la ignorancia o el desinterés? ¿Qué se necesitaría para resucitar a los aztecas? Durante la cena de nochevieja Jim le explicó a Janet su nuevo propósito. Dijo que estaba convencido de que el conocimiento profundo de una materia podía convertirse en herramienta práctica de transformación cultural y política. Janet se sorprendió de aquella elocuencia inédita y pensó en lo diferente que habría sido su matrimonio si le hubiera regalado un libro a Jim cada navidad. Él por su parte recordó las historias que le contaba en la carrera su amigo Abe Sherbatsky, sobre cómo los judíos habían resucitado una lengua muerta para convertirla, al mismo tiempo, en un arma y un martillo con el que construyeron la posibilidad de volver a su tierra. Creo, dijo Jim en voz baja, que algo similar es posible con los aztecas, que la oportunidad de cambiarlo todo depende solamente de dedicarle suficientes horas. Janet no sabía a qué se refería su marido cuando decía *todo*, pero veía a Jim lleno de entusiasmo y energía por primera vez desde hace años, y durante la cena se dedicó a escucharlo con paciencia y a asentir cuando pensaba que era necesario. Jim anunció que 2021 sería el Año Azteca, que la conjunción feliz del viejo McGill, la novela navideña y la súbita liberación de recursos financieros creaban una oportunidad inmejorable, en el aniversario número quinientos de la caída de Tenochtitlán, para tratar de revertirla.

Pese a la grandilocuencia enunciada, Jim Clover pensaba en realidad en términos modestos. Quería leer un par de libros más de historia de la conquista y del imperio azteca para hablar del tema en las cenas con otros matrimonios; quizá también en el periódico local de Wilmington. Tenía, por fin, una misión. Se encargaría de crear consciencia histórica entre sus conocidos y tratar con mayor deferencia a Arturo, el hombre encargado de las carnes frías en el supermercado.

Su primera idea fue visitar en persona a McGill y comprarle todo lo que tenía sobre los aztecas y la conquista. El viejo sonrió, como si hubiera anticipado ese momento, pero no le vendió los libros de golpe: fue soltándoselos de a poco, como si Jim volviera al gimnasio después de mucho tiempo y McGill fuera un entrenador veterano. Las novelas fueron el camino de entrada. Junto a *Heart and Stone* leyó *The Secret of the Pyramid*,

The Burning of the Ships y *Love in the Halls of Montezuma*. Cada semana regresaba a la librería y hablaban durante horas sobre la trama, los personajes recurrentes, las escenas clave de lo que Jim consideraba el hito mayor en la historia de occidente. ¿Cómo es que nadie en Hollywood ha hecho una gran película de esto?, le preguntó al librero. McGill no tenía respuesta, pero tampoco tenía mucho aprecio por el cine posterior a 1934, porque el sonido, decía, había convertido a las películas en una versión vulgar del teatro. Le dijo que había un par de óperas y muchos cuadros que tenían como tema a la conquista, y Jim Clover volvió por primera vez en más de dos décadas a la biblioteca de la Universidad de Pensilvania, a consultar grabaciones y ver, en detalle, reproducciones de esas pinturas. Había, aunque Jim no podía reconocerlo, una leve tesitura erótica en su relación con los cuadros donde aparecían aztecas y españoles; los primeros siempre sin camisa y con los genitales apenas cubiertos, indios altivos y robustos, como si se hubieran preparado físicamente durante años para recibir a los invasores, para posar con gracia en el momento en que la historia del mundo habría de retratarlos. Jim veía las imágenes del emperador azteca y repetía en voz baja *Montezuma, Moctezuma, Motecuhzoma, he-who-rages*. Pasaba las páginas de los libros de historia del arte con delicadeza. Admiraba la piel cobriza, la mirada grave y circunspecta que advertía el nombre del tlatoani, la lanza con la que marcaba distancia frente al mundo. Un hombre, pensaba Jim, que se hace temer y se respeta. Le parecía fascinante cómo todas las novelas coincidían en narrar la misma escena: el momento en que, para demostrarle que no era un dios sino apenas hombre, Moctezuma se levantaba la túnica y se mostraba desnudo y magnífico frente a Cortés. Tócame, le decía, y Cortés obedecía siempre.

Con el paso de los meses desarrolló cierto criterio literario. Entendió que *Heart and Stone* y otras novelas del estilo no podrían llevarlo adonde quería. Como un hombre que recuerda con cariño y vergüenza que su primer libro adorado había sido *Mujercitas*, Jim miraba ahora esas novelas históricas por el retrovisor, en una carrera donde el relevo fueron las monografías históricas y los artículos de enciclopedia. El Proyecto, como le llamaba él, ocupaba cada vez más horas de su día, hasta que se volvió insostenible continuar con su trabajo como asegurador de riesgos. Habló a mediados de marzo con su jefe y le dijo que estaba contemplando un retiro anticipado. El nido vacío, dijo el jefe, y con un suspiro de por medio volteó hacia la ventana de su oficina. Afuera, los árboles de Wilmington se mecían suavemente con el viento, como si sus troncos estuvieran hechos de goma. Te entiendo, siguió. Tómate este año y entonces hablamos de nuevo, le propuso. Pero hagas lo que hagas, le advirtió con un dedo al aire, no salgas con una maldita niña de dieciocho años, recién graduada de una jodida secundaria de Iowa que quiere ser abogada o alguna estupidez de esas. Jim pensó que el detalle era excesivo, pero no dijo nada más que gracias y salió de la oficina para no volver.

Aunque las lecturas y las discusiones con Janet y McGill lo llenaban de entusiasmo, la euforia daba paso a una tristeza cada vez más honda. Jim podía ver cada vez con mayor claridad que el tamaño de la pérdida era mayúsculo, y que algo *le dolía* cuando pensaba en la destrucción de los aztecas, con quienes sentía una identificación tan plena como inverosímil.

No creía en la reencarnación. Esto era diferente: cualquier hombre con un mínimo de decencia podría reconocer que lo sucedido en Tenochtitlán había estado *mal*, que había que tomar partido. Su mente volvía a Abe Sherbatsky de tanto en tanto. Quizás, pensó, a los aztecas les han hecho falta mejores voceros de su tragedia. Todos dicen *la conquista* y nadie sabe cuánta tristeza encierra esa palabra.

Le pareció irresponsable no saber español, así que se apuntó en un curso por internet. Tenía conversaciones semanales por video con una mujer de Yucatán que hablaba constantemente de su perro y de las nubes. Jim pudo leer por fin las crónicas de los conquistadores, las cartas de Cortés, las historias del siglo XVI, pero también del XX y del XXI; la manera en que se había contado ese mundo en otro idioma. Sentía, con cada texto nuevo, que se acercaba cada vez más a la comprensión total de un fenómeno que desconocía absolutamente hace cinco meses, y esa comprensión, pensó, habría de ser la puerta de entrada definitiva para una alteración de la consciencia y hasta una forma diferente de percibir el tiempo. Ese tren ya se te pasó, le dijo una noche Janet, el ácido era para cuando teníamos veinte. Su mujer tenía razón: el discurso y el método transformador que se había propuesto se parecían mucho a los principios de la contracultura a la que ellos, universitarios en los años ochenta, habían llegado tarde.

¿Está mal ser un hippie cuando uno está por cumplir sesenta años?, le preguntó a McGill. No me veas a mí, hermano, contestó el librero, no he usado zapatos con agujeta desde el setenta y siete.

Del español saltó al náhuatl. Le pareció natural y necesario. Descubrió que era bueno; mejor que para el español. La biblioteca de la Universidad de Pensilvania le quedó chica. Quiso consultar las fuentes indígenas directamente, hacer hablar a los códices. Como un estudiante graduado de antropología, creyó que el mundo era suyo y que su causa era el mundo. Planeó viajes a México, a Florencia, a Viena. Contactó a profesores, investigadores, arqueólogos. Descubrió que uno de ellos se apellidaba Moctezuma y sintió, en el encuentro con esas nueve letras, un escalofrío en la columna. Yo no sé dónde están los restos de mi tata, le dijo el arqueólogo, pero sé que tengo que encontrarlos. Jim le ofreció su ayuda y el profesor fue amable y educado. Aquí nos vemos cuando vengas, le escribió. Un abrazo, mi querido *ikniutli* gringo. Jim sintió una punzada de emoción en la garganta, un reflejo natural que creía perdido. Se preguntó qué otras palabras usaban los mexicas en la intimidad, en la cocina, a la hora del desayuno. ¿De qué hablaban entre ellos? ¿Cómo eran sus discusiones, sus debates, sus declaraciones de amor? ¿Qué se decían dos amigos al encontrarse en el tianguis, o dos amantes exhaustos bajo la luz de la luna en esa ciudad llena de canales, flores y vida?

Lo animaba la idea de que ninguna cultura podía ser, para nadie, completamente ajena; que no había mayor distancia entre él y los mexicas de la que había entre él y los pálidos peregrinos que llegaron en el siglo XVII a Nueva Inglaterra. Toda la vida, le decía con emoción a Janet, nos han vendido el cuento de que esos son nuestros antepasados, de que ahí radica nuestra identidad, nuestros valores, nuestro lugar en el mundo, y eso no ha hecho sino volvernos perezosos y conformistas. Desatendemos el pasado porque nos arrebatan el misterio, nos vuelven receptores dóciles de un cuento de cartón, de una historia de estampitas, en la que esos peregrinos estaban destinados a fundar Estados Unidos, cuando no era así, nunca es así, y bien pudimos haber sido todos olmecas o atapascanos o descendientes de los vikingos, pero en cualquier caso, concluía, qué importa, porque yo, para ser honesto, sólo desciendo de mi madre y eso apenas por accidente; todo lo demás es una patraña que intenta justificar el estado actual de las cosas. Quiero decir, aclaraba Jim, que el pasado es un territorio extranjero, que este suelo que pisamos hace quinientos años no estaba esperando con emoción a ser Pensilvania, que todo lo que vino antes de nosotros es ajeno por necesidad pero que nos permite, generoso, acercarnos si ponemos suficiente esfuerzo.

Así llegó el verano. Después de meses de preparación Jim no sabía aún cómo salvar a los mexicas de sí mismos, cómo evitar que cayeran en esa espiral de vértigo que era la historia de su derrumbe, que fascina y aterra a todos los que se asoman a ella. Faltaban pocos días para la fecha fatídica, trece de agosto de 2021, quinientos años en que los mexicas (y por ende los mexicanos, pensaba Jim Clover) no habían podido sacudirse, ni por un instante, la impresión universal de la derrota. ¿Qué hizo Motecuhzoma Xocoyotzin?, se preguntaba cada noche, acostado junto a su mujer dormida. ¿Por qué los dejó entrar? ¿Por qué les abrió las puertas?

Quizá, pensaba Jim, desde que Moctezuma recibió noticia de la presencia de Cortés en el Golfo empezó a resolver una ecuación delicada, compuesta de hombres y fuerzas, y calculó, después de meses de intercambios, de mensajeros y batallas de prueba, que el costo de una guerra abierta sería demasiado grande; que política y militarmente no podría sobrevivir a la decisión de medirse campo traviesa con los españoles y por eso, para ganar tiempo, para salvar con un mismo gesto el pellejo propio y al imperio, había decidido hospedarlos, vestirlos, alimentarlos; decir a quien quisiera escucharlo en esos días en México-Tenochtitlán que gracias a él se había evitado el fin del mundo que habían anunciado aquella garza blanca y el espejo, cuando lo verdaderamente trágico, pensaba Jim sin poder dormir, es que había sido precisamente esa decisión la que había provocado el colapso.

Janet había aprendido a ignorar los comentarios maliciosos de la gente de Wilmington que veía en su esposo a un hombre desquiciado, potencialmente peligroso. Sus amigas y los colegas del trabajo preferían preguntarle por la vida de Suzy en California o tocar cualquier otro tema antes que hablar de los aztecas. En un principio había inventado que su esposo estaba dándose un merecido año sabático, donde había descubierto su afición a la literatura y el deseo de escribir una novela histórica. Eso explicaría las visitas frecuentes al viejo McGill y la reclusión acelerada. Porque Jim se había desentendido casi por completo de las obligaciones sociales del matrimonio. Le parecía una pérdida de tiempo dedicarle un par de horas a los problemas mundanos y repetitivos de su entorno. Janet era indulgente con este comportamiento hacia afuera porque, en casa, Jim jamás había sido más atento. Ni siquiera en sus años de noviazgo en la universidad le había parecido un tipo tan interesante, tan seguro de sí y tan lleno de vida y deseo (el sexo había pasado de actividad rutinaria y sosa a combate floral, a cuerpo abierto). Janet se mostraba comprensiva y lo animaba no sólo por lo que recibía a cambio, sino, sobre todo, porque la memoria del hombre que había sido antes de ese regalo de navidad fortuito estaba fresca y era triste y gris, y ella, a su manera, al escuchar a Jim hablar sobre el calmecac o el hijo de Moctezuma que había besado sin pudor la mano de Carlos V, trataba así, también, de salvarlo de sí mismo.

No le sorprendió entonces esa mañana de agosto cuando su jefe en el ayuntamiento le dijo que contaba con él y el resto del personal para ayudar a traer a Jim de vuelta. Janet lo interpretó de manera metafórica —recién lo había dejado en casa, acostado en el sillón donde se echaba a leer— y se sacudió la condescendencia del contralor con una sonrisa. De camino a su escritorio notó las miradas esquivas y los murmullos y pensó que quizá Jim había publicado, por fin, el editorial que le había prometido durante meses a la *Wilmington Gazette*, y que probablemente se había lanzado, como advertía durante cada desayuno, contra el espíritu provincial y la estrechez de miras de sus conciudadanos. Pero el tono de todos en la oficina apuntaba hacia otra cosa. Volverá, le dijo extrañamente Becky Goodman al mediodía, de pie junto a la máquina de café. Siempre vuelven.

Un pájaro le mordía los pies descalzos. La sensación no era desagradable. Abrió los ojos y sintió la arena bajo el cuerpo. Las olas se estrellaban contra sí mismas. Por alguna razón no estaba sorprendido. No sabía dónde estaba; tampoco tenía miedo. Vio en el suelo la rama gruesa de una ceiba y recordó, con una claridad terrible e inesperada, aquella mañana de domingo en que su padre lo había llevado por primera vez a un campo de béisbol. Sostenlo, le había dicho al ponerle un bate entre las manos, sostenlo fuerte. Su padre se alejó unos pasos, caminando de espaldas, como un hombre preparado para un duelo. Jim tenía ocho, nueve años, y el bate era de madera y pesaba mucho, un instrumento extraño y ajeno, y entonces su padre le lanzó sin aviso una pelota blanca, maciza. Con la intuición que engendra el miedo o el deseo de supervivencia, Jim blandió el bate frente a su rostro, como un samurái improvisado, y conectó un golpe seco que mandó la pelota veinte metros más allá de donde estaba su padre. El hombre, eufórico, levantó los brazos al cielo y gritó durante un buen rato: ¡Es mi hijo! ¡Es mi hijo!

Así también, acostado en la playa, con un zanate negro y majestuoso como testigo, Jim Clover supo de golpe, sin sorprenderse demasiado, lo que había que hacer y cuándo.

El año era 1518. La playa era Acapulco.

No estaba él por la labor de explicar lo sucedido. Ya habría tiempo, pero ahora corría en su contra. Se puso de pie y se dirigió instintivamente hacia el este, sierra adentro. Sabía cuáles eran los árboles que daban frutos, las señales en el cielo que anunciaban las tormentas. Pasó días sin encontrarse a otro hombre. Cuando lo hizo le habló, sin premeditación, en náhuatl. Fue entendido. Lo llevaron a una ciudad que asumió era Xochicalco, por la posición de ciertas estrellas y el tiempo de viaje, y le preguntaron en ese idioma compartido por qué se había pintado el pelo dorado y cómo había hecho para crecer tan alto. Jim pensó que en esta, la segunda oportunidad sobre la Tierra, no había por qué mentirles más a los indios, y entonces les dijo que venía del futuro, de un lugar llamado Wilmington, Pensilvania, y que traía noticias terribles para Moctezuma y los mexicas. Los indios de aquella ciudad se alegraron. No entienden, insistió Jim, son noticias malas para todos. Los indios preguntaron por qué les habría de importar el destino de los ciudadanos de Pensilvania. Jim se enfrascó en una larga discusión con los líderes de Xochicalco, y se sorprendió de que para ellos no hubiera ningún problema en aceptar la idea de que alguien podía viajar en el tiempo. Habremos inventado el microchip, pensó Jim Clover esa noche, tendido sobre una cama de piedra pulida, pero somos profundamente más rudimentarios que estos hombres.

A la mañana siguiente los señores de Xochicalco acompañaron a Jim a las puertas de Tenochtitlán. Hasta entonces había mantenido el temple y el pulso, animado por la misión más o menos inmediata, trascendental, que tenía entre manos. Pero cuando vio las calzadas imponentes, los canales hinchados de agua dulce, los patos al vuelo y las chinampas rebosantes de flores, Jim se echó al suelo y lloró como lloran los amantes en las despedidas. Más tarde entendió que también lloraba por su hija en California y por su matrimonio, a la deriva durante tantos años, por la belleza de Tenochtitlán y la tristeza de Wilmington. Sobre todo, descubrió, se lloraba a sí mismo.

Faltaba un año para que Cortés y los suyos llegaran a la capital de imperio. Si en ese momento alguien le hubiera preguntado por el plan, Jim Clover no habría podido entregar ninguno. Sin embargo, su determinación y el conocimiento puntual de la sociabilidad mexica, de sus códigos, sus intereses y sus filias, lo llevaron pronto ante el monarca. Sabía de la afición de Moctezuma por los símbolos y los mensajes, y sabía también que al tlatoani le resultaría irresistible la historia de un hombre que viajaba desde otra dimensión para compartirle un presagio oscuro.

Una tarde la escolta del emperador llegó a buscarlo. Lo condujeron por una serie de pasillos en un palacio que Jim había recorrido tantas veces; un palacio que conocía de memoria. Los guardias marcaron un alto a unos metros del emperador, de pie en el centro de la sala. Dos mujeres bañaban el pecho desnudo de Moctezuma con miel de abeja (ámbar, densa). El tlatoani tenía los ojos cerrados. De su oreja izquierda colgaban dos pendientes. Un hombre viejo agitaba frente a él una enorme hoja verde. Hacía calor. En la sala se escuchaban risas y pasos de niños, aunque Jim no los vio nunca. Los consejeros del emperador estaban sentados alrededor suyo, serenos e inmóviles como las cenizas en torno al fuego. Las mujeres, pensó Jim, las mujeres que lo bañan y las que tejen en silencio en esa esquina, son jodidamente hermosas. Los hombres, pensó Jim, los hombres que lo esperan, los hombres que lo cuidan y lo atienden, son los más fuertes, los más robustos ejemplares de nuestra triste especie. Estos hombres estarían dispuestos a morir por Moctezuma, a dar su vida en este instante y sin dudarlo por el imperio. Yo también, pensó Jim, y de pronto se hizo de noche en el palacio.

Cuando terminó el baño fueron presentados. Moctezuma se sorprendió al ver el rostro pálido y la carne blanda de ese hombre que hablaba un náhuatl correcto pero ajeno, la lengua de los viejos cuando se reunían a discutir sobre los caprichos de los dioses, por ejemplo, llena de formas que nadie utilizaba ya en los mercados de Tlatelolco o en las reuniones con amigos. Jim le explicó quién era, de dónde venía. Compararon calendarios y Moctezuma se mostró orgulloso cuando escuchó que, en quinientos años, la gente aún recordaría su nombre. ¿Por qué?, preguntó el emperador. Y entonces Jim le dio la noticia: había una banda de rufianes insensatos que desembarcaría en un par de meses en las costas del Golfo para dirigirse a la capital mexica con la intención manifiesta de tomarla. En ese momento Moctezuma recordó su encuentro con la garza.

Era una mañana de domingo en que había ido a cazar, acompañado de sus primos. El rastro de una liebre lo había alejado del resto. Frente a las aguas verdes de una laguna, una garza blanca e impoluta había abierto las alas, como las velas de los barcos que él no había visto nunca, y bajado la cabeza con deferencia ante el tlatoani. Moctezuma, absorto por la gracia del animal, distinguió algo liso y plateado que interrumpía el plumaje a la altura de la mollera. Animado por una voluntad ajena se acercó al ave y se vio reflejado en la cabeza del animal, rodeado de un cielo que se cerraba con una rapidez amenazante. También vio un hombre sucio que se le acercaba por la espalda; reparó en sus pies que ardían y sangraban sobre la obsidiana; atestiguó los canales desbordados y los cuerpos desnudos de sus hijas picoteadas con saña por un águila. La garza hizo un sonido más parecido al llanto que a un trino y emprendió el vuelo de pronto, como si algo la hubiera asustado. Moctezuma se quedó de pie frente a la laguna, durante un tiempo fuera del tiempo, hasta que llegó, desde lejos, el eco de su propio nombre con el que lo buscaban sus compañeros de caza.

Moctezuma contó el episodio íntimo, y cuando Jim dijo que ya conocía aquella historia, el emperador mexica tembló piel adentro y se convenció de que estaba, por primera vez en su vida, frente a algo que lo superaba. Con una humildad inédita preguntó:

—¿Y qué hacemos, entonces?

El plan salió de su boca sin pensarlo.

—Voy a enseñarte español—respondió Jim.

La idea era sencilla. No había forma de alterar el curso de los acontecimientos que depositarían a Hernán Cortés sobre la calzada de Iztapalapa en noviembre de 1519. Era inútil tratar de cambiar la historia alargando un par de horas más la batalla en Cempoala, u ofreciendo más o menos oro a los españoles a través de intermediarios. Las fuerzas que los llevarían a la capital del imperio mexica eran irrefrenables, como también lo eran, pensaba Jim, aquellas que llevaron al asesinato del archiduque Francisco Fernando o al hundimiento del Titanic en medio del Atlántico. Lo que sí podía ser distinto, lo que *tenía* que ser distinto, era la historia del encuentro mismo entre ambos personajes, Cortés y Moctezuma, porque era claro para Jim que ahí, en ese intercambio inicial, accidentado y torpe, se había cifrado el destino de la empresa española y de la capital mexica. Si tan sólo Cortés hubiera entendido lo que Moctezuma decía, pensaba Clover, si no hubieran dependido de traductores y de intereses varios y ajenos, y si ahora en cambio Moctezuma fuera capaz de hablarle a este bárbaro en su lengua vagamente latina, entonces sin duda habría de convencerlo, de seducirlo, de manipularlo. Porque uno era un emperador temido y el otro era un abogado arruinado y más bien canalla; porque uno era la cabeza de un orden político y cultural sin parangón en la historia de Mesoamérica y el otro era un hidalgo de nariz torcida y penosa condición física. Era fundamental, pensó Jim Clover, que Cortés entendiera lo que Moctezuma decía, para que transmitiera a sus mercenarios una serie de puntos básicos.

El primero: no había mayor lujo en el mundo que ser ciudadanos de Tenochtitlán. El segundo: entre ellos no había idolatría ni sacrificios. Cristo y su fe no estaban en peligro. El tercero: a Carlos V le interesaba un bledo lo que sucedía en una parte del orbe que no habría sido capaz de ubicar en un mapa. El último: que no tenía sentido ninguna matanza, ninguna guerra, porque, como decía una canción que a Jim le gustaba mucho y que Moctezuma jamás conocería, *only love can conquer hate.*

Jim pensó en su mujer. Sabía que Janet, si pudiera oírlo, volvería a tachar de ingenuo el plan maestro. Le sonreiría. Deseó que estuviera bien y que, en el otro mundo que estaba por nacer, todavía fuera posible encontrarla en cinco siglos a la entrada de la biblioteca de la Universidad de Pensilvania, con veinte años recién cumplidos y esos ojos verdes y la sudadera roja de los *Phillies,* para enamorarse de nuevo como un perro.

Moctezuma se mostró como un alumno serio y decidido. Por las mañanas despachaba sus asuntos con normalidad y seguía, diligente, el guion que la historia universal le había fijado: regalos a los españoles recién desembarcados, mensajes a Cortés que simulaban miedo y reticencia y conseguían atraerlo hacia la capital del imperio. Por las tardes estudiaba español con Jim y repasaba las principales figuras del santoral católico. Se llenó de espanto ante la cantidad de vírgenes; batalló con el pluscuamperfecto. Pero avanzaba. La idea era que Moctezuma fuera capaz de convencer a Cortés en esa entrevista inicial, o en los primeros días a lo mucho, de que los españoles no tenían enemigos en México-Tenochtitlán, sino hermanos en la fe y entusiastas socios comerciales. Jim sabía que el encuentro era tan dramático, tan inevitablemente teatral, que triunfaría quien conociera de antemano el libreto e interpretara su parte con mayor convencimiento; quien fuera capaz de fingir mejor. Moctezuma había sido demasiado cándido en su primera oportunidad. No debió de haberse levantado la túnica frente a Cortés y reafirmar que era humano. Debió decir que era un pájaro, una serpiente, y los españoles se habrían largado, muertos de miedo, de regreso a la estéril pradera extremeña.

La noche antes del encuentro Moctezuma durmió bien; Jim no tanto. Sentía la misma angustia que cuando tenía que despertar de madrugada para tomar un vuelo, aunque eso era otra vida, otro tiempo, y las consecuencias de llegar tarde al aeropuerto de Filadelfia eran por supuesto incomparables con lo que se jugaba aquella mañana de noviembre, 1519 —nada más, pero tampoco nada menos, que la historia de eso que llamamos el mundo. Jim oía crepitar el fuego en la noche de los mexicas y el viento que chocaba con los muros del palacio; oía también su sangre, y a veces incluso sus entrañas. Moctezuma, aficionado a toda suerte de presagios, no tuvo esa noche ningún sueño.

A las once de la mañana los condujeron a la calzada. Moctezuma juzgó que la presencia del gringo, rubio y pálido, destacaría de manera innecesaria a la hora del encuentro. No quería darle a Cortés ningún motivo de sospecha, ninguna pista de que aquello, en realidad, era una elegante trampa, y dio la instrucción de ocultar al visitante detrás del muro de una casa. Desde ahí, a través de una rendija que fungía como ventana, Jim podría verlo todo; atestiguar, como un padre orgulloso en el quirófano, el nacimiento de un nuevo mundo. Los españoles aparecieron puntuales. Eran, si cabe, menos imponentes de lo que Moctezuma había imaginado. Flacos, sucios y asustados, los españoles miraban los techos de las casas mexicas como palomas nerviosas, el cuello tenso y los ojos trémulos, como si esperaran una lluvia fatal, bíblica, en cualquier momento. Jim apenas podía contener la emoción. Moctezuma, en cambio, esperaba de pie, con las manos entrelazadas detrás de la espalda, en absoluta paz. Más que en el curso de la historia occidental, el emperador pensaba en los caballos, esos animales imposibles de los que le había advertido Jim y que ahora, vistos de cerca, le parecían magníficos.

Cortés desmontó y se hizo un silencio inédito en México-Tenochtitlán. Clover empezó a sentir una opresión en el pecho, como si alguien lo sujetara con ambas manos y demasiada fuerza por detrás. Moctezuma sonrió. Jim miraba por la rendija. Sus respiraciones eran cada vez más cortas. Cortés sonrió de vuelta y antes de que pudiera abrir la boca, Moctezuma se adelantó y dijo, en un perfecto español:

—Don Hernando, ¿qué nuevas hay de su majestad, la reina Juana? ¿Sigue indispuesta?

Cortés torció la cabeza, desconcertado. Con el ceño fruncido miró a Moctezuma y se convenció de inmediato de que estaba frente al demonio, en una de sus manifestaciones más extrañas. Lleno de furia, humillado ante lo que le parecía una broma cósmica de mal gusto, tomó su espada y, con una agilidad desconocida, la hundió entera en el torso del emperador azteca.

Jim Clover lo miró todo con horror pálido detrás del muro, como en uno de esos sueños donde uno quiere hablar o moverse pero algo más fuerte lo detiene.